요란요란
푸른아파트

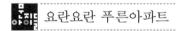 요란요란 푸른아파트

기획위원: 김서정 / 최윤정 / 황선미

지은이 김려령 | **그린이** 신민재 | **펴낸이** 이광호 | **펴낸곳** 문학과지성사 | **초판 1쇄 발행** 2008년 10월 30일 | **16쇄 발행**
2022년 11월 5일 | **등록번호** 제1993-000098호 | **주소** 04034 서울 마포구 잔다리로7길 18(서교동 377-20) | **전화** 02)338-
7224 | **팩스** 02)323-4180(편집), 02)338-7221(영업) | **홈페이지** www.moonji.com | **전자메일** moonji@moonji.com

ISBN 978-89-320-1902-4 73810

편집 문지현 | **디자인** 방현일, 김현우

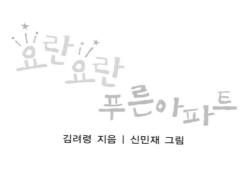

요란요란 푸른아파트

김려령 지음 | 신민재 그림

문학과지성사
2008

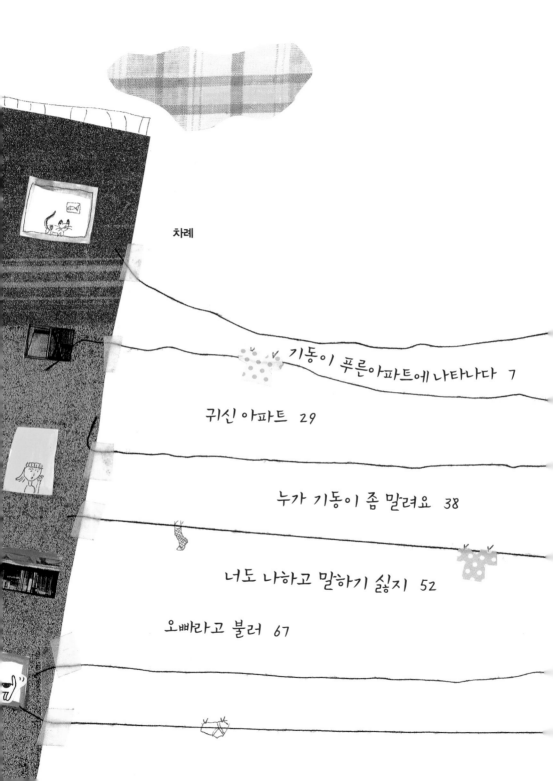

차례

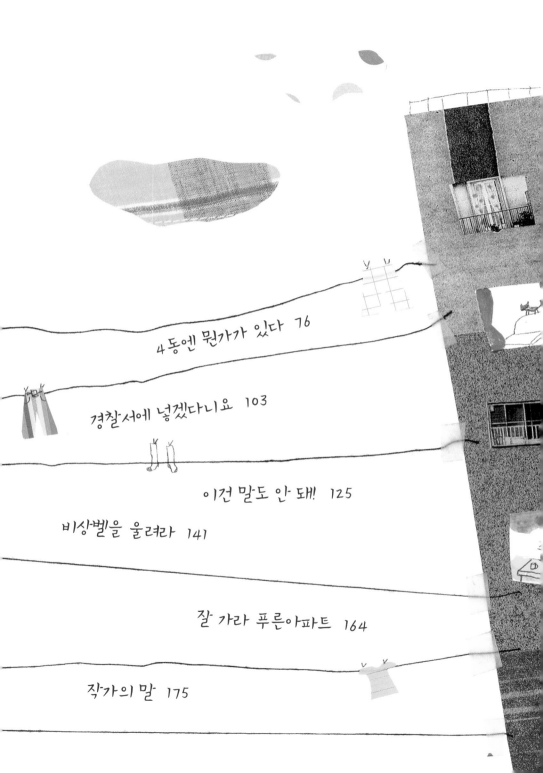

기동이 푸른아파트에 나타나다

"아우 간지러워, 바퀴벌레들이 왜 이렇게 기어 다니면서 긁고 그래."

1동이 현수막으로 몸을 툭툭 치며 투덜댔다.

늘 있는 일이지만 2동은 1동이 어린아이 같아 보였다.

"수선 좀 그만 떨어. 나는 옆구리가 다 갈라져서 바람이 숭숭 들어온다고."

"그거야 낡아서 그렇지. 애들이 가만히 있는 척하다가 휙! 달려. 아, 정말, 정말 움찔움찔하단 말야."

이곳은 재개발 사업으로 급작스럽게 모습이 변한 지역이

다. 지방 변두리 도시를 명품 도시로 탈바꿈시키겠다는 야심찬 도시 계획으로 추진된 사업이었다. 그러나 무리한 계획은 늘 말썽을 일으키기 마련이다. 땅값이 치솟고 재개발을 앞둔 아파트들의 집값이 어마어마하게 오르면서 다른 지역과 마찰을 일으키게 된 것이다. 그러다 보니 정작 이곳에서 가장 오래된 푸른아파트의 재개발이 취소되는 지경에 이르렀다. 이 때문에 푸른아파트는 하늘을 받친 것 같은 높은 빌딩과 새 아파트들 속에 우중충한 늪지대처럼 자리하고 있었다.

갑작스러운 재개발 취소 소식에 푸른아파트들과 사람들은 전혀 다른 반응을 보였다. 다른 건물들이 해머에 두들겨 맞고 포클레인에 파헤쳐져 허물어지는 끔찍한 광경을 본 푸른아파트들은 환호성을 질렀다. 그러나 깨끗하고 좋은 아파트

에서 살날만 기다리던 사람들은 불만이 끊이지 않았다. 사람들은 가만히 있지 않았다. 강력한 항의 표시로 1동에는

'이제 와서 재건축 반대 웬 말이냐!'

'우리도 깨끗한 집에서 살고 싶다.'

라고 쓴 현수막을 걸었고, 3동에는 기다란 검정 띠를 'ㅅ'자 모양으로 둘러 놓고

'언제 무너질지 모르는 아파트! 삼가 고인의 명복을 빕니다.'

라고 써서 걸어 놓았다.

어쨌거나, 지어진 지 사십 년이 넘은 푸른아파트들은 근처 새 아파트들에게 어른 대접을 받았다. 하지만 1동은 항상 투덜거려서 투덜이라고 불렸다. 1동이 처음부터 투덜거렸던 것은 아니다. 아주 오래전에 벼락을 한 번 맞았는데

그때부터 이상하게 변한 것이다. 툭하면 화를 내고 아기처럼 아무 말이나 따라 했다. 제대로 따라 하면 그래도 나은데 가끔씩 이상하게 따라 했다. 그러다 보니 치매 걸린 아파트라고 불리기도 했다.

2동은 현수막으로 몸을 벅벅 긁는 1동을 보며 혼잣말을 했다.

"에효, 낡으면 빨리 무너져야지."

"난, 안 무너져!"

귀는 또 어찌나 밝은지 1동은 '이제 와서 재건축 반대 웬 말이냐!' 현수막을 파닥파닥거렸다.

"오늘따라 유독 시끄럽네. 데리고 사는 누가 또 네 욕했냐?"

2동이 1동에게 물었다.

"우리 동 사람들 착해. 욕 안 해! 근데, 막 부셔…… 왜 그러지?"

1동은 멍하니 하늘을 올려다보았다.

1동이 다소 멍청해 보이고 생각이 없어 보이는 건 사실이다. 하지만 자신이 집이라는 것은 잊은 적이 없다. 집은 사람들을 잘 지켜 줘야 한다는 것도 잊지 않았다. 그야말로 책임감 강하고 정 많은 아파트인 것이다. 하지만 502호 영감이 재건축이 취소된 게 화가 나서 밤마다 망치로 벽을 두드려 대는 데에는 많이 지쳐 있었다. 아직도 텅텅 소리가 울리는 것 같았다. 그러니까 2동 말이 영 틀린 것은 아니었다.

푸른아파트 옆 주상 복합 미래아파트는 지어진 지 이 년밖에 안 된 새 아파트다. 온몸에 최첨단 장치가 되어 있는 고품격 아파트인 것이다.

"자체 방역 시스템을 설치했으면 저렇게 긁지 않아도 되는데."

미래 1동이 푸른아파트들을 보며 말했다.

누가 일부러 무너뜨리지 않아도 저절로 폭삭 무너질 것 같은 낡은 아파트에 자체 방역 시스템이라니. 2동은 어이없는 표정으로 미래 1동을 보았다.

"너같이 멋진 새 아파트가 옆에 있으니까, 우리가 더 초라해 보여. 그래서 사람들이 우릴 자꾸 부수려는가 보다……"

"그래도 전에 비 엄청 많이 왔을 때, 제가 미리 알려 줘서 큰 사고 없었잖아요."

"그런 건 나이 먹으면 다 알 수 있단다. 우린 여태껏 그런 정보 없이도 지진 나면 몸을 슬쩍 움직여 지나가게 했고, 비가 오면 온몸에 힘을 줘서 막았다고. 그래도 사람들은 몰라. 넌 1동이 왜 저렇게 됐는지 모르지?"

"저야 모르죠."

2동은 1동이 벼락 맞던 때를 떠올렸다.

사십여 년 전, 이곳에는 듬성듬성 작은 집 몇 채가 전부였다. 눈에 보이는 곳은 전부 논과 밭이었다. 뚝뚝 떨어져 있는 전봇대끼리 연결된 전선에는 참새 떼가 조르륵 앉아, 허수아비와 논 주인의 눈치를 보며 호시탐탐 곡식을 노렸다. 가끔 용기는 좋은데 머리는 나쁜 참새가 허수아비와 주인을 구별 못하고 내려왔다가 주인 지팡이에 머리를 맞고 도망치는 일도 있었다. 이런 곳에 푸른아파트가 지어진 것이다. 이 동네에서 보기 드문 5층짜리 고층 아파트가!

그럭저럭 십 년이 흐른 어느 날이었다. 하늘을 찢을 것 같은 벼락이 치더니 곧 천둥이 몰아쳤다.

우루루루 쾅!

엄청나게 큰 천둥소리였다.

"다들 정신 바짝 차리라고, 오늘 날씨가 심상치 않아."

옥상에 '푸른아파트'라고 쓴 커다란 풍선을 단 1동이 대장처럼 늠름하게 말했다.

"한두 번도 아닌데 뭘 그래. 몇 번 쾅쾅대다가 말겠지."

4동은 자주 있었던 일이라 대수롭지 않게 생각했다.

벼락은 2동을 아슬아슬하게 스쳐 바닥에 내리꽂혔다. 창문이 흔들리고 아파트 출입문이 쾅! 닫힐 만큼 세찬 바람까지 불어닥쳤다. 그때였다. 먹물 같은 구름을 뚫고 엄청나게 큰 벼락이 1동 쪽으로 향했다.

"1동 조심해!"

다른 동들이 간절하게 외쳤다. 그러나 벼락은 1동을 노리고 내려치는 것처럼 옥상에 달린 풍선을 타고 1동에 꽂혔다. 순간 1동이 번쩍하면서 뒤쪽 벽에 금이 쩍! 갔다. 1동은 온몸에 힘을 주고 버텼다.

우루루루 쾅! 쾅!

엄청난 천둥소리에 1동이 잠시 흔들렸다. 하지만 곧바로 몸을 꼿꼿하게 세웠다.

"1동아, 힘내!"

모두 1동을 응원했다.

얼마 뒤, 굵은 빗방울이 쏟아지기 시작했다.

"사람들이 다치지 않아서 다행이야."

1동은 이 말을 하고 정신을 잃었다. 푸른아파트들은 있는 힘을 다해 사람들을 지켜 낸 1동이 대견했다. 천만다행으로 뒤쪽 지하실 위로 굵은 금이 쩍 갔는데도 철근에는 이상이 없었다.

1동은 며칠이 지난 뒤에 정신을 차렸다.

"이제 정신이 들어? 아이고, 다행이다!"

"대장처럼 씩씩하더니 벼락 맞아도 끄떡없네."

그렇게 모두 기뻐했다.

"대장이 벼락 맞아서 씩씩해?"

정신을 차린 1동이 좀 이상해졌다.

"정신이 든 건 좋은데, 쟤 왜 저래?"

"정신이 든 건 좋은데, 쟤 왜 저래?"

1동은 4동이 한 말을 똑같이 따라 했다. 푸른아파트들은

모두 당황했다.

"어머, 쟤 벼락 맞아서, 이상해졌나 봐."

다들 걱정하고 있는 와중에, 1동이 갑자기 소리를 버럭 질렀다.

"내 풍선 가져와! 누가 훔쳐 갔어!"

"벼락 때문에 충격을 받았나 보네. 에효, 가슴이야. 쯧쯧 쯧."

정이 많은 2동은 변해 버린 1동 모습에 가슴이 아팠다. 그런데 1동은 언제 화를 냈냐는 듯이 그새 닭 벼슬 같은 맨 드라미를 보며 빙긋빙긋 웃고 있었다.

1동이 그렇게 벼락만 안 맞았더라면 지금도 대장처럼 씩 씩했을 것이다. 지금은 다 낡아 빠진 '이제 와서 재건축 반 대 웬 말이냐', '우리도 깨끗한 집에서 살고 싶다'는 현수 막까지 붙이고 있어 미친 아파트처럼 보이기까지 했다.

"아이고 늙으면 죽어야지."

102호 할멈이 2동 입구 계단에 앉아 수건으로 허벅지를 탈탈 털며 말했다.

"자식들이 다 뭔 소용이여. 생전 얼굴도 안 비추는 것들이 이제 와서, 에이."

2동은 할멈을 안쓰럽게 내려다보았다.

"저 할멈, 왜 저렇게 화가 났어?"

정문 옆에 있는 상가가 2동에게 물었다.

"며칠 전에 아들이 와서 집을 팔라며 소란을 피우고 갔거든."

"집을 왜 팔아?"

"무슨 가게를 하고 싶은데 돈이 필요하다나 뭐라나."

"그래서, 할멈이 판대?"

"안 판다고 했지 아마."

2동과 상가가 심각하게 말하고 있는데 1동이 톡 끼어들었다.

"안 판다고 했지 아마? 왜? 다른 사람들도 많이 팔던데? 팔아! 팔아!"

"할멈이 집을 팔면 갈 곳이 없다잖아!"

"넌 무슨 1동이 하는 말을 신경 쓰냐. 쟤는 그냥 내버려 둬."

상가는 1동을 무시했다.

"하도 생각 없이 말하니까 그렇지."

"쟤는, 자기 부수라고 현수막 달 때도 엄청 좋아했잖아. 쟤한테 너무 바라지 마."

"그거야, 전에 풍선 날아가고부터 뭘 다는 걸 워낙 좋아했으니까⋯⋯"

할멈은 폐품을 잔뜩 실은 리어카를 2동 뒤편에 끌어다 놓았다. 그리고 상가 안으로 들어갔다. 저녁에 집에 온다는 자식들을 위해 음식을 마련하기 위해서다. 할멈은 모처럼 두툼한 봉투를 양손에 들고 나왔다.

"저 할멈이 뭘 저렇게 잔뜩 샀어?"

2동이 상가에게 물었다. 3층짜리 낡은 상가는 계산이 빨랐다.

"돼지고기 한 근, 당면, 당근, 양파, 시금치, 쪽파, 동태 한 마리, 무 한 개, 두부 한 모, 모두 이만천 원. 아! 그리고 캐러멜 이백 원짜리 한 개, 총 이만천이백 원. 잡채하고 동태찌개를 할 모양이야."

"뭐 그렇게 착한 아들 온다고 수선이래."

2동은 할멈의 아들이 영 반갑지 않았다.

할멈은 집에 오자마자 청소부터 했다. 열한 평짜리 102호는 할멈 혼자 살아도 좁아 보였다. 할멈이 폐품을 모으러 다니면서 쓸 만한 물건들을 몽땅 주워 왔기 때문이다. 여러 사람이 앉아야 하는데 아무리 치워도 바닥은 좁았다. 고장이 안 난 선풍기라도 그렇지, 주워 온 선풍기만 네 대였고, 좁은 벽에는 주워 온 시계들이 잔뜩 걸려 있었다. 혼자 서 있기도 좁은 주방은 빈 항아리들로 발 디딜 틈이 없을 정도였다. 겨우겨우 청소를 마친 할멈은 이제 음식을 하기 시작했다. 고소하고 달콤한 냄새가 2동에 퍼졌다. 오랜만에 102호에서 나는 맛있는 냄새였다.

푸른아파트 정문으로 세 사람이 들어섰다. 해바라기가 너무 크게 새겨진 윗도리를 입은 남자와 솜을 얹은 것처럼 부푼 파마머리를 한 여자, 연방 입을 삐죽거리는 기동이었다. 해바라기윗도리 남자는 커다란 가방을 두 개나 들었고, 솜머리 여자는 '참치 세트' 상자를 들고 있었다. 이들은 나란히 2동 속으로 들어갔다.

해바라기윗도리 남자가 102호 문을 두드리자 할멈이 나왔다.

"어머님, 저희 왔어요."

솜머리 여자가 참치 세트 상자를 할멈에게 내밀며 말했다.

"그려, 왔는가."

"온다, 온다 하면서 이제야 왔네요. 사는 게 어찌나 바쁘던지."

솜머리 여자는 가뜩이나 부푼 머리를 자꾸 위로 쓸어 올려 더욱 부풀게 만들었다. 할멈은 솜머리 여자를 흘긋 보았다. 결혼식도 안 치른 아들이 어느 날 갑자기 나타나 결혼을 했다고 했다. 가진 거 없는 시어머니라도 말이나 하고 결혼했으면 금가락지라도 며느리 손에 끼워 줬을 텐데, 젊은 것들이 혼사를 함부로 치러 버려 영 탐탁지 않은 아들 내외였다. 할멈은 이게 다 아들을 잘못 키워서 받은 벌이려니 하고 살았다.

해바라기윗도리 남자가 할멈을 피해 집으로 쑥 들어갔다.

기동이는 팔짱을 낀 채 우뚝 서 있었다. 할멈이 기동이를 보며 말했다.

"그 뭐시냐, 니가 기동인가 개동인가 하는 애냐?"

"이씨, 개동이 아니에요."

기동이는 벽을 탕탕 걷어찼다.

"애가 기동이에요. 아범이, 인생 기똥차게 살라고 기동이라고 지었잖아요."

솜머리 여자가 얼른 기동이를 소개했다.

할멈은 기동이를 천천히 훑어보았다. 언젠가 아들이 덜컥 전화해서 손자가 생겼다고 했다. 아들은 미워도 손자는 예쁜 법이다. 할멈은 그렇게 보고 싶었던 손자를 이렇게 큰 뒤에야 보게 되었다.

"많이 컸구나. 어여 들어오너라."

기동이는 신발장을 냅다 걷어찬 뒤에야 신발을 벗었다.

"성질부리는 건 애비를 쏙 빼닮았구먼. 얼른 상 차릴 테니께 먹고들 가."

할멈은 좁은 주방으로 가서 상을 차리기 시작했다. 해바라기윗도리 남자는 솜머리 여자에게 턱짓을 했다. 솜머리 여자는 얼른 주방으로 가서 할멈이 접시에 담은 잡채를 받았다. 솜머리 여자는 움직일 때마다 솥단지와 항아리가 발에 차여 인상을 썼다. 하지만 할멈과 눈이 마주칠 때는 애써 방긋 웃었다.

"어머, 맛있겠다. 우리 기동이가 잡채 기똥차게, 아니, 제일 좋아하는데."

할멈은 보글보글 끓는 동태찌개를 상 가운데에 놓고 자리에 앉았다.

모두들 조용히 밥을 먹었다. 그런데 유독 솜머리 여자만 떠들었다.

"내장을 다 넣고 끓였는데도 동태찌개가 하나도 안 쓰네. 나는 끓일 때마다 왜 그렇게 비리고 쓴지 몰라. 잡채 하느라 힘드셨죠? 손도 많이 가는데 언제 하셨어요. 오이지 좀 봐. 어쩜 이렇게 오돌오돌 맛있냐."

솜머리 여자가 하도 떠들자 해바라기윗도리 남자가 화를 냈다.

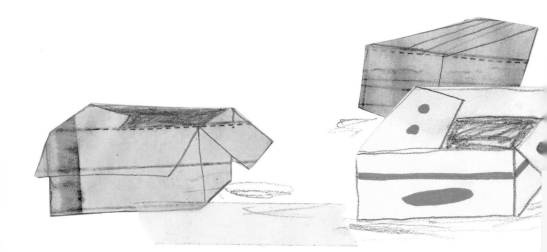

"밥을 이로 씹어 먹는 거야, 말로 씹어 먹는 거야. 입 좀 다물고 먹어."

솜머리 여자는 해바라기윗도리 남자의 말을 못 들은 척 했다.

"나도 돈만 많으면 이런 거 잘 해 먹을 수 있는데……"

"돈 없어서 못 해 먹냐? 게을러서 못 해 먹지."

"좋은 재료로 하면 다 맛있어. 물론 좋은 재료는 비싸서 문제지만."

"여기까지 와서 자꾸 돈 얘기 할래?"

해바라기윗도리 남자가 주먹을 쥐고 벌떡 일어섰다. 솜머리 여자도 지지 않고 일어나 같이 째려보았다. 할멈은 밥알을 잘근잘근 씹으며 두 사람을 올려다보았다. 잘하면 생전 처음 보는 손자와 밥을 먹으며 아들 며느리의 권투 시합이라도 볼 것 같았다.

2동은 몹시 언짢았다. 지난번에는 해바라기윗도리 남자가 할멈 속을 뒤집어 놓고 가더니, 이번에는 솜머리 여자까지 와서 할멈을 괴롭히는 것 같았다. 2동은 이런 버릇없는 일이 제 몸에서 일어나는 게 싫었다. 2동은 몸을 살짝 비틀어 우직! 소리를 냈다.

솜머리 여자는 깜짝 놀랐다.

"어머! 이 아파트 무너질라나 봐."

해바라기윗도리 남자도 많이 놀랐는지 주먹을 내리고 한동안 서 있었다.

"애 보는 데서 싸우지 마라. 특히 밥상머리에서 그렇게 싸우는 거 아녀.”

“아유, 아범 성질이 보통이어야죠. 아, 말이 나와서 하는
말인데요.”

솜머리 여자는 할멈 옆에 바짝 붙어 앉았다.

“얼마 전에 좋은 가게 하나 놓쳤잖아요. 아범이 글쎄, 어
디서 돈을 구해 온다면서 큰소리만 빵빵 치고 가서는, 땡전
한 푼 못 구해 왔지 뭐예요.”

할멈은 땅이 꺼져라 한숨을 쉬었다.

“아범이 얼마 전에 여기 안 왔냐. 근데 여기가 재건축인
가 뭔가가 취소돼서 팔아도 얼마 안 된단다. 게다가 이 집
은 쟈 할애비 목숨 놓고 바꾼 집 아니냐. 긍께 여기서 제삿
밥이라도 챙겨야 안 되겠냐.”

“목숨 놓고 바꾸다니요?”

“기동이 할애비 교통사고로 받은 보상금으로 샀으니께
안 그러냐. 그래도 꽤 모자랐어야. 밤낮으로 마늘 까고, 도
라지 까서 내다 팔아 융자 갚고, 그러면서 기동 애비 안 키
웠냐.”

“그러니까 팔지 마시라고요. 왜 다 끝난 얘기 가지고 그

래요."

해바라기윗도리 남자는 잡채를 떠서 기동이 밥그릇에 올려주며 말했다.

"어쨌든 가게는 물 건너갔고, 어떻게든 돈은 벌어야지 어쩌겠어요. 당분간 기동이 좀 봐 주세요, 어머님."

할멈은 깜짝 놀랐다.

"나가 뭣을 해서 쟈를 키우나?"

"키우는 게 아니라, 당분간만 봐 주시라고요. 금방 데려 갈게요."

"은제 올 건디?"

"금방 와요. 방 한 칸 마련할 돈만 생기면 데리고 갈 거 예요."

해바라기윗도리 남자가 할멈을 보지도 않고 대답했다. 그리고 할멈이 뭐라 말하기도 전에 벌떡 일어났다.

"그만 먹고 빨리 일어나. 시간 없어."

해바라기윗도리 남자가 솜머리 여자에게 말했다.

"내 정신 좀 봐. 하도 맛있어서 깜빡했네. 기동이가 쓸 물건은 대충 챙겨 왔어요. 기동아, 엄마 아빠 금방 올 거야. 할머니 말씀 잘 듣고 있어."

솜머리 여자는 아주 빠르게 말했다. 해바라기윗도리 남자가 솜머리 여자 팔을 잡아끌었다. 그리고 쏜살같이 102호를 나갔다.

"잠은 한데서 자도, 밥은 따시게 챙겨 먹고 다녀라이!"

할멈은 현관에 서서 큰 소리로 말했다.

할멈은 고개를 푹 숙이고 잡채만 우걱우걱 먹고 있는 기동이에게 다가갔다.

"야, 야, 얹힌다. 잡채가 원래 잘 얹히는 음석이여."

기동이는 속이 상했다. 툭하면 이사 다녔어도 늘 같이 살았는데 이번에는 자기만 두고 가 버린 것이다. 물론 이곳에 오기 전에 이미 알고 있었지만 그래도 속이 상한 건 마찬가지였다. 더군다나 할머니가 있다는 건 말로만 들었지 실제로 보기는 처음이었다.

"누구 아들 아니랄까 봐, 요것도 고렇게 잡채를 잘 먹네그려."

"내 방은 어디야?"

"니 방? 여기가 니 방 내 방이라고 할 것이나 있나. 그냥 지내면 되지."

"이씨. 내 방 있다고 해 놓고……"

"니 방 있다고 하던? 우찌까, 시방이라도 만들어야 허
나."

"됐어."

기동이는 무릎을 세워 두 손으로 다리를 꼭 감싸 안았다.
턱을 무릎에 콕 박고 있어서 뒷모습이 꼭 세워 놓은 달걀
같았다. 할멈은 부모와 떨어져 살아야 하는 기동이가 안쓰
러웠다. 그래서 기동이가 투덜거려도 뭐라고 하지 않았다.
할멈은 해바라기윗도리 남자가 가져온 가방을 열었다. 가
방 속에는 책과 옷이 가득 들어 있었다. 그리고 쪽지 한 장
이 나왔다.

기동이 학교는 교육청에 가면 알아서 해 줄 것임.

"지 새끼 놓고 가문서 에미한테는 한 말도 안 썼네."

할멈은 종이쪽지를 작게 접어 주머니에 넣었다.

귀신 아파트

아침부터 한복을 곱게 차려입은 할멈과 기동이가 아파트를 나섰다.

상가가 두 사람을 보고 2동에게 물었다.

"저 할멈이 어쩐 일로 한복을 다 입었누? 쟨, 누구야?"

"어제부터 나한테 와서 살기로 한 애야. 쟤 부모가 102호에 넣어 두고 갔어."

"3동이 데리고 사는 단아하고 똑같군. 근데 걔 부모는 삼 년이 지나도록 안 온대."

"그래도 거기 할아범은 교장 선생님이라며. 저 할멈은

폐품 모아서 사는데 걱정이네."

"그건 그렇고, 저렇게 차려입고 어디 가는 거래?"

"교육청인가 어딘가 간대."

"고리타분한 교육청 말이군. 그나저나 4동은 또 누가 이
사를 가네."

4동은 푸른아파트 중에 제일 구석진 곳에 있었다. 푸른
아파트는 하도 옛날에 지어진 아파트라 주차장은 턱없이
부족했고, 각 동들은 다닥다닥 붙어 있었다. 특히 4동은 앞
으로는 2동과 3동에, 뒤로는 오르막길에 가려져 있었다.
그러다 보니 늘 그늘지고 습했다.

"하긴, 저 4동이 또 심술 나서 쫓아냈겠지."

오지랖 넓은 상가가 4동을 흘긋 보며 말했다.

"어린 것들이 밤새 음악 틀어 놓고 소란 피우는데, 가만
히 두나 그럼? 불까지 환하게 켜 둬서 내 속이 뻥 뚫린 것
처럼 환하다고."

4동은 시끄러운 건 딱 질색이었다. 그래서 소란을 피우
는 사람들이 있으면 밤마다 몸을 비틀어 댔다. 그러면 창문
이 흔들리고 문이 삐걱거렸다. 그 모습을 본 사람들은 귀신

30

이 사는 집이라며 서둘러 이사를 갔다. 이번에도 4동이 장난치는 바람에 혼비백산해서 이사를 간 것이다.

　4동이 가장 오래 데리고 있는 사람은 404호에 살고 있는 만화가 선생이다. 만화가 선생은 조용히 책을 읽거나 만화만 그렸다. 4동은 만화가 선생의 팬이기도 했다. 엘리베이터 귀신이든 머리만 둥둥 뜬 아파트 귀신이든, 쫓고 쫓기는 긴장된 만화를 주로 그리기 때문이다. 특히 학교 괴담이라든지 아파트 괴담 같은 이야기가 많아 슬쩍 따라 하기도 했다.

　어떤 사람들은 만화가 선생이 귀신일지도 모른다고 했다. 희끗희끗 흰머리를 여자처럼 길러 하나로 묶고 다니고, 가끔 상가에 나타나 라면이나 소주를 사 가는 게 전부라 먹지도 않는 사람처럼 보였다. 인기 없는 만화가 선생이 가난해서 그렇다는 것은 아무도 몰랐다. 어쨌든 귀신이 자꾸 나타난다는 소문이 퍼지자 4동은 푸른아파트 중에 가장 싸구려 동이 되었다.

　오후가 되자, 만두 같은 모자를 쓴 남자와 군인 옷 같은 헐렁한 점퍼를 입은 여자가 이사 왔다. 이삿짐이라야 가구 몇 점과 컴퓨터 두 대가 고작이었다. 한여름에 만두모자를 뒤집어쓰고, 헐렁한 점퍼를 입은 이 젊은이들이 4동은 마음에 들지 않았다.

"저것들…… 느낌이 안 좋아, 내쫓아야겠어."

짐을 꾸리던 헐렁점퍼가 빗자루를 사 온다며 303호를 나갔다.

만두모자는 컴퓨터 전선들을 정리했다.

4동은 만두모자가 전선을 가지고 책상 밑으로 들어가자마자 힘을 모아 형광등을 팍! 나가게 만들었다. 그러나 만두모자는 계속 책상 밑에 있었다. 4동은 몸을 막 떨어 댔다. 창문이 덜덜거렸다. 만두모자는 그제야 책상 밑에서 나왔다. 그러더니 테이프로 길게 늘어선 전선들을 하나로 묶어 버렸다. 그 모양이 꼭 404호 만화가 선생 머리 같았다. 4동은 잠시 당황했지만 다시 힘을 모아 현관문을 쾅쾅! 열었다 닫았다. 만두모자는 문을 슬쩍 보더니 종이를 접어 책상 다리 밑에 끼웠다.

헐렁점퍼가 빗자루와 쓰레받기를 사 가지고 돌아왔다.

"내가 쓸 테니까 바닥 좀 닦아."

만두모자는 아무 대답 없이 컴퓨터 전원을 꾹 눌렀다.

헐렁점퍼는 만두모자에게 다가가 귀에 꽂고 있는 이어폰을 빼냈다.

"엠피쓰리 좀 끄고 일해."

만두모자가 휙 돌아보았다.

"왜? 뭐라고 했어? 이거부터 연결시키려고 그랬지."

만두모자는 엠피쓰리를 크게 틀어 놓고 일했기 때문에 4동이 한 짓들을 알 수 없었던 것이다.

"어? 형광등 나갔네?"

헐렁점퍼가 말했다. 4동은 씨익 웃었다.

"어쩐지, 갑자기 어두워지더라."

"넌 불이 나간 줄도 몰랐어?"

"어두워지긴 했어도 다 보이잖아. 그런데 이 집이 어둡기는 좀 어둡다."

"갑자기 형광등이 왜 나갔지?"

4동은 웃음이 나는 걸 꾹 참았다. 이 정신없는 젊은이들도 다른 사람들처럼 허겁지겁 도망가는 모습이 눈에 선했다.

"왜 나가긴, 아파트가 하도 오래돼서 나갔지. 그런 거 한
두 번 보냐?"

"하긴, 나중에 형광등 좀 많이 사 둬야겠다."

4동은 힘이 쭉 빠져 회색빛으로 변했다.

"어이, 4동. 자네 왜 그렇게 심기가 불편해?"

2동이 물었다. 하지만 4동은 대답하고 싶지 않았다.

"새 사람들이 들어오면 따뜻하게 좀 해 줘. 내 집이다 싶게."

4동은 만화가 선생이 그리고 있는 엘리베이터 거울에 나타난 얼굴 없는 여자만 내려다보았다.

상가 앞으로 기동이와 할멈이 지나갔다.

"에이, 몹쓸 것들. 애를 어떻게 키웠기에 제 나이에 학교도 못 보냈어."

교육청에 다녀온 할멈은 잔뜩 화가 나 있었다. 기동이가 초등학교를 아홉 살에 입학해서 나이보다 한 학년 아래를 다녀야 했기 때문이다. 그때, 기동이 앞으로 고양이가 획 지나갔다. 기동이는 얼른 돌을 주워 고양이에게 던졌다. 아슬아슬하게 빗맞았기에 망정이지 제대로 맞았다면 머리를 크게 다쳤을 것이다.

"아서! 왜 고양이한테 돌을 던지고 그려. 고양이는 영물이라 그러면 큰 나!"

"저게 눈을 똥그랗게 뜨고 노려보잖아. 나 배고파."

"무신 고양이가 노려본다고. 얼른 가서 밥 먹자."

할멈은 앞장서서 2동으로 들어갔다.

기동이는 들어가면서 출입문을 발로 확 걷어찼다. 2동은 깜짝 놀랐다.

"어이쿠 놀래라. 내가 아무래도 저 녀석 때문에 철근이 다 녹을 거야."

2동은 긴 한숨을 내쉬었다.

누가 기동이 좀 말려요

기동이는 선생님을 따라 3학년 3반 교실로 들어왔다. 떠들던 아이들은 기동이를 보고 잠깐 조용히 하더니 다시 떠들기 시작했다.

"와! 전학 왔다."

"쟨 왜 신발을 들고 서 있어? 실내화도 안 신었네?"

"전학 오자마자 벌 받겠다."

기동이는 입을 삐죽거리며 빤질빤질한 교실 바닥을 발로 문질렀다.

"자, 자, 조용히 하자. 새 친구한테 첫 인상을 좋게 심어

쥐야지."

선생님은 '이 기 동'이라고 칠판에 크게 썼다.

아이들이 이기똥! 이개똥! 이소똥! 이말똥! 이닭똥! 해 가며, 동물 이름에 '똥' 자를 붙여 장난치기 시작했다. 맨 앞에 앉은 호철이도 이쥐똥! 하다가 기동이와 눈이 마 주쳤다.

"누가 남의 이름 가지고 장난하지? 그 사람 이름 가지고 도 장난해 볼까?"

선생님은 아이들을 향해 생긋 웃고 기동이에게 단아 옆에 앉으라고 했다. 단아는 푸른아파트 3동에 사는 교장 선생님 의 손녀였다. 기동이는 자리로 들어가면서 호철이 어깨를 툭 치고 들어갔다. 호철이는 깜짝 놀라 고개를 푹 숙였다.

기동이 소개를 마친 선생님이 교실을 나갔다.

맨 뒤에 앉은 덩치 큰 주한이가 기동이에게 다가왔다.

"야, 이개똥! 너 까불면 죽는다."

기동이는 주한이를 무시하고 책상에 엎드려 버렸다.

"어쭈, 전학 온 주제에 까부네. 너 이따가 체육관 뒤로 나와."

기동이는 벌떡 일어나 주한이 앞가슴을 움켜쥐고 말했다.

"이게, 확! 체육관이라고 했지? 너, 안 나오면 나한테 죽어!"

주한이는 움찔했다. 하지만 기동이를 비웃으며 손을 탁 쳐 냈다. 친구들이 보니까 괜히 교실에서만 큰소리치는 게 뻔하다고 생각했기 때문이다.

기동이는 미처 책을 준비하지 못했다. 그래서 단아와 함께 봐야 했다. 그런데 기동이가 책에 자꾸 그림을 그려서 단아는 화가 났다. 단아는 기동이가 그림을 그리지 못하도록 책을 조금씩 움직였다. 그래도 기동이는 계속 그렸다.

'앤 왜 남의 책에 낙서를 하고 그래.'

단아는 지우개를 꺼내 기동이가 그린 그림을 하나씩 지우기 시작했다. 그림은 예뻤지만 기동이가 마음에 들지 않아서 지웠다. 하지만 호리병이라는 단어 옆에 그린 그림은 지울 수가 없었다. 호리병 속에서 고양이가 얼굴을 삐죽 내밀고 있는데 너무 귀여웠다.

'이건 지우기 정말 아깝다……'

단아는 괜히 팔을 주물럭거렸다. 마치 팔이 아파서 못 지우겠다는 표정이었다. 단아가 더 이상 그림을 지우지 않자 기동이도 그리지 않았다.

주한이는 호철이와 함께 체육관 뒤에서 기동이를 기다렸다. 그리고 기동이가 다가오자 먼저 시비를 걸었다.

"아이, 개똥 냄새. 너 똥 싸고 닦기는 하냐?"

기동이는 책가방을 주한이 얼굴에 확 던져 버렸다. 순식간이었다. 느닷없이 책가방 공격을 받은 주한이는 땅바닥에 나뒹굴었다. 기동이는 주한이 몸에 올라타고 다짜고짜 때리기 시작했다. 옆에 있던 호철이는 기동이 기세에 눌려 꼼짝 못하고 구경만 했다. 주한이 코에서 코피가 나고 눈가가 뻘겋게 되자 기동이는 주한이 몸에서 떨어졌다. 그리고 호철이를 휙 보았다.

"다음엔 너야?"

호철이는 슬슬 뒷걸음질 치기 시작하더니 잽싸게 도망쳤다.

기동이는 엉엉 울고 있는 주한이에게 가방을 주며 말했다.

"나, 너보다 형이야. 까불지 마."

주한이는 울면서 집으로 달려갔다.

기동이는 체육관에 기대어 자기가 싸웠던 땅바닥을 멍하니 바라보았다. 그러더니 주머니에서 빨간 분필을 꺼내 하얀 체육관 벽에 낙서를 했다.

'다 싫어, 다 싫어, 다 싫어.'

글씨를 하도 커다랗게 써서 멀리서 보면 빨간 무늬처럼

보였다.

　체육관 벽 끝에는 단아가 몰래 숨어서 처음부터 지켜보고 있었다. 기동이가 책가방을 들자 단아는 기동이와 반대 방향으로 달려갔다.

　기동이는 할멈이 준 열쇠로 문을 열고 들어왔다. 할멈은 폐품을 모으러 가서 집에는 아무도 없었다. 기동이는 가방을 대충 던져 놓고 텔레비전을 껐다 켰다 하더니, 벌러덩 누웠다가 다시 일어나고, 또 눕고를 반복했다. 집에 있는 선풍기를 모두 가져와 한 번씩 틀어 보기도 했다.

　"아, 심심하다."

　기동이는 밖으로 나와 2동 입구 계단에 앉았다. 마땅히 갈 곳이 없었다. 한동안 그렇게 앉아 있는데 며칠 전에 본 고양이가 주차장에 나타났다.

　"야! 이리 와 봐."

　고양이는 기동이를 슬며시 보더니 빠르게 달려갔다. 기동이는 작은 돌을 주워 휙 던졌다. 고양이는 잽싸게 돌을 피해 상가 안으로 들어갔다. 그때, 단아가 3동에서 나왔다.

단아는 '푸른피아노'라고 써 있는 노란 가방을 들고 있었다. 단아는 기동이와 눈이 마주치자 깜짝 놀란 얼굴로 상가 안으로 얼른 들어가 버렸다.

기동이는 상가 벽에 주르륵 달린 간판들을 보았다.

"뭐가 저렇게 다 푸른투성이야. 푸른상회, 푸른부동산, 푸른피아노, 푸른문방구, 푸른미용실, 푸른반찬가게. 하나도 안 푸르네."

기동이는 계단에서 일어나 아파트 화단을 따라 걷기 시작했다. 그러다가 검정 띠를 두른 3동 앞에 섰다.

"무슨 아파트가 검정 띠를 두르고 있냐. 삼가 고인의 명복을 빕니다? 저거 죽은 사람 사진에 두르는 띠 아닌가?"

기동이는 주머니에서 빨간색 분필을 꺼냈다. 그리고 3동 벽에

'이 아파트를 보는 사람은 다 죽는다!'

라고 크게 썼다.

"저런 버르장머리 없는 놈 같으니라고. 어린것들은 저래서 안 돼. 쯧쯧쯧."

4동이 혀를 차며 말했다.

기동이를 데리고 사는 2동은 조금 난처했다.

"우리가 여기저기 많이 낡아서, 낙서해도 티도 안 난다, 뭐."

"너처럼 아무 때나 감싸는 어른들이 있어서 애들이 버릇 없는 거야."

"기동이도 잘못했지만, 3동이 웃긴 띠를 두르고 있는 건 사실이잖아. 허허."

2동은 괜한 헛웃음만 지었다.

기동이는 3동 안으로 쏙 들어가 소화전 앞에 섰다. 문짝이 떨어져 나간 소화전이었다. 소화전은 굵고 더러운 호스를 바닥에 떨어뜨리고 있었다. 기동이는 바닥에 떨어진 호스를 잡고 그대로 걸어 나왔다. 소화전 호스가 계단까지 구불구불하게 늘어졌다.

"3동 봐라. 완전히 내장 터진 아파트 됐다."

기동이는 4동을 스윽 보더니 4동 앞으로 걸어갔다. 4동은 기동이를 노려보았다. 기동이는 주위를 살폈다. 그러더니 4동 안으로 후다닥 뛰어 들어갔다. 4동은 당황했다. 기동이가 워낙 빨리 들어와 출입문을 닫을 생각조차 못 했다.

기동이는 우편함에 있는 편지들을 모두 꺼냈다. 그리고 주소와 우편함이 다르게 마구 꽂았다. 그것도 모자라 덜렁거리는 우편함 뚜껑을 확 뽑아 반송함에 넣고 나왔다.

"이 녀석, 한 번만 더 오면 혼쭐을 내 줄 테다!"

화가 난 4동이 몸을 움직이자 갈라진 틈에서 콘크리트 조각이 툭 떨어졌다. 그 소리에 기동이는 뒤를 스윽 돌아보았다.

"4동은 왜 이렇게 폭 파묻혔지? 멀리서 보면 보이지도 않겠네."

이미 말했듯이, 4동은 앞으로는 2, 3동에 가려 있고 뒤로는 오르막길에 가려 있었다. 기동이는 4동 옆으로 갔다. 그리고 벽에 분필로 '0'이라고 커다랗게 써서 색칠하기 시작했다.

"이건 안 보이니까 없는 동이야. 빵동."

"근데 이 녀석이 왜 나타나서 속하고 겉을 다 뒤집고 다니는 거야!"

기동이 같은 아이는 4동도 처음 보았다. 밤새 울어 대는 갓난아기부터 방에서 축구까지 하는 녀석들을 봐 왔지만

46

기동이하고 비할 게 못 됐다. 그 아이들이 아파트 안에서만 소란을 피웠다면, 기동이는 아파트 밖에서 소란을 피우고 다녔다.

"4동 너 빵동이래, 너 이제 없어졌어. 클 났다. 근데 빵은 사람들이 먹는 건데?"

1동이 현수막을 휘리릭 날리며 말했다.

"저 1동, 벼락을 다시 맞아야 되돌아올 텐데. 아, 머리 아파."

"나, 벼락 안 맞아!"

1동은 뾰루퉁해서 출입문을 쾅! 닫았다.

"아, 아, 알았어."

4동은 건성건성 말하고 자기도 출입문을 꼭 닫아 버렸다.

기동이는 어느새 1동에 도착했다.

"이 아파트는 뭘 저렇게 하나씩 달고 있나. 우리도 깨끗한 집에서 살고 싶다?"

기동이는 현수막에 써 있는 글씨를 소리 내어 읽었다. 그러더니 1동 벽에

'그럼 청소를 하시오.'

라고 크게 썼다. 그리고 선명하게 보이도록 덧칠까지 했다.

"간지러워. 얘는 누군데 나를 박박 긁는 거야."

1동이 현수막을 파닥거려 몸을 툭툭 쳤다.

"어, 내가 데리고 사는 기동이……"

2동은 기동이 때문에 다른 아파트들에게 조금 미안했다. 그렇다고 제 발로 돌아다니는 애를 어떻게 할 수도 없는 노릇이었다. 2동은 기동이가 빨리 집으로 들어가길 바랐다. 덧칠을 다 한 기동이는 상가를 획! 보았다. 그 바람에 상가가 움찔했다. 2동은 서둘러 출입문을 열었다 닫았다 했다. 기동이가 말이 많은 상가한테까지 낙서를 하면 피곤해질 게 뻔했다.

'기동이가 날 봐야 하는데.'

기동이가 2동 출입문을 바라보았다. 2동은 겨우 안도의 숨을 쉬었다.

기동이는 주위를 두리번거렸다. 그러더니 화단에 쌓여 있던 벽돌을 하나 들고 와 2동 문틈에 콱 쑤셔 넣었다. 2동은 이제 더 이상 문을 움직일 수 없게 되었다. 기동이는 손을

50

탁탁 털고 집으로 들어갔다. 2동은 기동이 때문에 기운이
쏙 빠졌지만 어쨌든 집으로 들어갔으니 다행이다 싶었다.

너도 나하고 말하기 싫지

학교 가는 길에 기동이를 본 반 아이들은 기동이와 뚝 떨어져 걸었다. 교실에서도 슬쩍슬쩍 보기만 했지 눈을 마주치지는 않았다. 어제 호철이가 반 아이들과 메신저로 대화하면서 기동이가 굉장한 싸움꾼이라고 소문을 냈기 때문이다. 사실 호철이는 과장이 심한 아이였다. 그래서 호철이 말을 믿지 않는 아이도 있었다. 하지만 오른쪽 눈이 보라색으로 멍든 주한이를 보고 호철이 말을 모두 믿게 되었다. 지금까지 주한이를 이긴 아이는 단 한 명도 없었다. 그것도 전학 온 첫날에.

주한이는 기동이에게 맞은 게 창피했다. 또 때릴까 봐 걱정도 됐다. 하지만 기동이는 주한이를 괴롭히지 않았다. 물론 소문을 낸 호철이에게도 뭐라고 하지 않았다.

기동이는 3동 벽 앞에 섰다. 그리고 어제 썼던 '이 아파트를 보는 사람은 다 죽는다!' 라는 글씨 위에 파란색 분필

로 그림을 그렸다. 산속에 있는 작은 집 그림이었다. 그런데 자세히 보면 벽에 쩌억쩌억 갈라진 금을 따라 그렸다는 걸 알 수 있다. 그 금을 따라 산을 그렸고, 녹물이 새어 나온 곳에 작은 집을 그린 것이다.

3동 옆에서 기동이를 빤히 보고 있던 2동이 말했다.

"와, 그림 멋있다."

그러자 4동이 빈정댔다.

"산속에 있는 작은 집이 뭐가 멋있어. 진짜 그림이 뭔지도 모르면서."

"진짜 그림이 뭔데?"

"다리 없이 달리는 귀신, 눈 없이 째려보는 귀신 정도는 돼야지."

"눈도 없는 귀신이 작은 집에서 막 째려봐? 어 무서워."

앞에서 이야기를 듣던 1동 몸에 힘이 바짝 들어갔다.

4동은 다른 동들이 가소로웠다.

"아, 아, 됐어. 예술이 뭔지도 모르는 것들."

기동이는 아파트들이 수군거리거나 말거나 열심히 그렸다.

"연기가 나와야 돼. 안 그러면 산속에 버려진 집처럼 보이니까……"

기동이는 작은 집 굴뚝에서 모락모락 나오는 연기를 그렸다. 그리고 먼발치에서 그림을 다시 한 번 보고 분필을 주머니에 넣었다.

기동이가 갑자기 뛰기 시작했다. 어찌나 빠르게 뛰던지 2동을 휙 지나 어느새 상가까지 도착했다. 고양이를 따라 뛰어온 것이다. 고양이는 상가 옆에 쌓아 둔 상자 위로 올라갔다.

"이리 내려와 봐. 너 배가 왜 그렇게 뿔룩해?"

고양이는 상자에서 내려오지 않았다.

"너 새끼 가졌지? 맞지? 이리 와 봐!"

기동이는 책가방에서 기다란 쏘시지를 꺼냈다.

"이거 줄게. 너 이런 건, 안 먹냐?"

고양이는 야옹! 하고 크게 울었다.

"아, 깜짝이야. 이거 줄 테니까 이리 와 보란 말이야!"

기동이는 소시지 비닐을 벗겨서 흔들었다. 혹시 냄새라도 나면 내려올 것 같았다. 그러나 고양이는 꿈쩍도 하지 않았다.

"이씨, 너도 나하고 말하기 싫지! 먹든가 말든가 너 맘대로 해!"

기동이는 소시지를 고양이한테 휙 던졌다. 소시지는 고양이의 둥실한 배에 맞고 상자 틈 사이로 쏙 빠져 버렸다. 고양이는 꼭 아기 울음소리 같은 소리를 내며 상자 뒤로 내려와 1동 뒤로 사라졌다.

"에이, 몹쓸 녀석아. 배를 보니까 새끼 가진 모양인데 왜 그래!"

빈 상자를 들고 상가 옆으로 온 푸른상회 여자가 기동이를 야단쳤다.

"가까이 오라는데 안 오잖아요."

"그렇다고 새끼 가진 고양이
배에 막대기를 던져!"

"네? 막대기 아니에요. 소시
지예요."

"소시지가 어디 있나!"

"저 틈으로 빠졌단 말이에요."

"이 녀석이, 어른 말하는데 꼬박꼬박 말대꾸야."

기동이는 화가 나서 뒤로 확 돌았다. 뒤에는 단아가 피아노 학원 가방을 들고 놀란 표정으로 서 있었다. 기동이는 얼굴을 잔뜩 찡그리고 집으로 달려갔다.

남이 버린 채반을 들고 온 할멈은 기동이를 보자마자 물었다.

"니가 참말로 새끼 가진 고양이 배에 막대기 던졌냐?"

"막대기가 아니라, 소시지라니까!"

"그쟈? 참말로 막대기 아니쟈? 내 이 여편네를 그냥 두나 봐라."

할멈은 다시 밖으로 나갔다.

다른 사람들과 이야기를 하던 푸른상회 여자는 할멈을 보자마자 물었다.

"걔가 그랬다죠? 아무리 말 못하는 짐승이라도 그러면 못쓰지."

"할일 없이 주딩이만 갖고 사는 여편네가, 어디서 남의 귀한 손자한테 누명을 씌워!"

할멈은 서슬 퍼런 얼굴로 팔을 걷어붙이며 걸어왔다.

푸른상회 여자는 얼른 꼬리를 내렸다.

"아유, 아니면 다행이죠 뭐."

"남의 손자 욕할 때는 언제고, 이제 와서 딴소리야!"

"아니 할머니, 걔가 고양이만 보면 그렇게 돌을 던지니까……"

"우리 애가 던져서 맞는 거 봤어? 봤어?"

"아까는 고양이 배에 정통으로 맞히던데요 뭐. 꼭 애기 울음소리를 내면서 도망가는데 아유, 징그러워."

"푸른상회 너 이년, 오늘 너 죽고 나 죽자!"

할멈은 푸른상회 여자의 옷자락을 잡고 매달렸다.

"아유, 그냥 그랬다는 거지, 왜 이러세요."

할멈은 정말로 화가 났다. 자기들이 언제부터 그렇게 길고양이를 아꼈다고 어린애한테 인정이 없다느니 가정교육이 잘못됐느니 하는가 말이다. 특히 푸른상회 여자는 고양이 등쌀에 못살겠다며 물벼락까지 씌워 놓고 적반하장도 유분수였다. 할멈은 이게 다 기동이가 엄마 아빠와 살지 않아 얕잡아 보는 거라고 생각했다. 저녁만 되면 상가 앞에 주르륵 모여 수다나 떠는 여자들 입방아에 기동이가 오르내리는 건 더욱 싫었다. 평소에 유순하기만 하던 할멈이 눈에 불을 켜고 덤벼들자 여자들은 슬슬 피하기 시작했다.

"하여간 사람들이란 못 말려. 왜 붙어살면서 싸움질이야."

상가가 짜증을 냈다.

"그럼 멀쩡한 애를 잡는데 화가 안 나겠어?"

2동이 할멈 편을 들었다. 상가도 지지 않고 푸른상회 여

자 편을 들었다.

"아까 개가 막대긴지 소시진지 던지는 걸 봤잖아. 오해할 수도 있는 거지. 참외밭에 가면 신발 끈을 묶지 말라는 속담도 몰라!"

"제 딴에는 고양이가 새끼 가진 것 같으니까 소시지를 주려고 했나 본데, 잘 알지도 못하면서 애를 몰아세우면 안 되지."

"푸른상회 여자는 그냥 본 대로 말한 것뿐이라고."

주차장에서는 할멈과 푸른상회 여자가 싸우고, 아파트 꼭대기에서는 2동과 상가가 싸웠다. 그러자 '이제 와서 재건축 반대 웬 말이냐!', '우리도 깨끗한 집에서 살고 싶다.' 현수막을 축 내리고 있던 1동이 말했다.

"502호 영감이 자꾸 망치질해서 나 머리 아파. 싸우지 마."

"저 벼락 맞은 아파트가 왜 아무 때나 나서고 저래."

상가가 1동에게 쏘아붙였다.

"이 난쟁이 상가!"

"너 뭐라고 했어. 내가 3층짜리라고 우습게 보여? 겨우

2층 더 높은 게."

"난쟁이 상가. 난쟁이 상가. 꽁알꽁알 난쟁이 상가."

"아파트가 멍청하니까 밤마다 망치질하는 영감이 살지. 저게 제일 먼저 무너질 거야."

"넌 무슨 말을 그렇게 심하게 해. 1동이 왜 저러는지 다 알면서."

2동이 상가를 나무랐다.

"아파트들은 좋겠다. 편들어 줄 동이 많아서. 에라, 퉤퉤 퉤!"

상가는 내색은 안 했지만 늘 외로웠다. 밤만 되면 사람들을 모두 내보내 속이 텅 비어서 쓸쓸하기도 했다. 상가는 자기들끼리만 편들어 주는 푸른아파트들이 너무 야속했다.

할멈이 2동으로 들어가자 사람들은 이제 아파트 값 이야기를 했다.

"그나저나, 정말 재건축 안 되는 거야? 이대로 있다간 아파트 값이 살 때보다 더 떨어질 것 같아."

"우리야 그래도 낫지. 4동은 귀신 나온다는 소문 때문에 매매도 없다잖아."

"4동에 사는 만화가 선생인가 뭔가 있잖아, 그 양반이 귀신이라는 말도 있어."

"아휴, 1동에 사는 어떤 영감님은 밤마다 망치질을 한대."

"웬일이래. 난 들어가서 저녁이나 해야겠다."

주차장에 있던 여자들이 하나둘 아파트로 들어갔다.

기동이가 연습장에 쌓인 지우개 똥을 한곳에 모으고 있을 때 할멈이 들어왔다.

"오늘 보니까 아빠가 누굴 닮았는지 딱 알겠네."

기동이 말에 할멈은 머쓱했던지 애먼 소리를 했다.

"그 고양이가 온제 배를 풀고……"

기동이는 그리던 만화를 계속 그렸다. 낮에 본 고양이 그림이었다.

간밤에는 소나기가 제법 많이 왔다.

기동이는 베란다에 서서 하늘을 올려다보았다.

"비 안 오겠지?"

"하늘 보니께 인자는 안 오겄어. 간밤에는 어찌나 퍼붓던지 원."

할멈은 허리에 복대를 차며 말했다. 요즘 들어 허리가 더 안 좋아져서 복대를 차야 그나마 반듯하게 설 수 있었다.

"이제 보니까, 여기 아파트 엄청 낡았다."

"여기가 그렇긴 하지. 1동은 옛날에 벼락 맞아서 뒤가 메주처럼 갈라졌어야. 허기사, 그런 벼락 맞고도 성한 게 용치. 장해. 참말로 장해."

"아파트가 꼭 살아 있는 것처럼 말하네."

"집도 죽은 집이 있고, 살아 있는 집이 있어야. 요 아파트는 살아 있는 집이여. 한 번도 사람이 빈 적이 없었다니께. 집은 사람을 보듬어 주고, 사람은 집을 보듬어 주면서 같이 사는 거여."

"아파트가 어떻게 사람을 안아 줘?"

"음마, 너, 밖에 있다가 집에 들어오문 맘이 편안하지 않냐? 같은 바람이라도 우리 집에서 맞는 바람 다르고 넘의 집에서 맞는 바람이 달라야. 요것들이 그저 덩그러니 있는 거 같아도 다 보고, 지켜 주고, 챙겨 준다니께."

"이게 챙기기는 뭘 챙겨 줘."

기동이는 베란다 벽을 냅다 걷어찼다.

"언능 학교 가라. 늦겄다."

할멈은 기동이가 찬 벽을 손으로 스윽 문질렀다.

2동은 씨익 웃으며 베란다 창문으로 시원한 바람을 후욱
들여보냈다.

오빠라고 불러

단아는 기동이를 아는 척도 안 했다. 원래도 기동이를 보면 인사나 겨우 했었다. 그런데 오늘은 그것마저도 하지 않았다. 기동이는 책에 글씨를 써서 단아에게 내밀었다.

'야, 내가 던진 거 막대기 아냐. 소시지야.'

단아는 글씨를 슬쩍 보더니 다시 칠판만 뚫어지게 보았다.

기동이는 다시 써서 단아의 발을 툭툭 찼다.

'진짜 소시지라니까.'

단아는 이번에는 아예 보지도 않았다. 기동이는 더 이상 글씨를 쓰지 않았다. 그리고 수업 시간 내내 선생님 몰래 그림만 그렸다.

수업이 끝나자 기동이는 앞서 가는 단아를 불렀다.

"야, 정단아, 할 말 있어. 나 좀 봐."

"난 할 말 없어."

단아는 성큼성큼 걸어갔다.

"너 어제 본 거, 잘못 본 거야!"

"내가 뭘 봤는데?"

단아가 뒤를 휙 보며 물었다.

"어제 던진 거 진짜 소시지야. 그 고양이가 새끼를 가진 것 같아서……"

"그럼 왜 던졌는데?"

"불러도 안 오니까."

"그렇게 고함을 치는데 고양이가 오겠어?"

"이씨, 그럼 자꾸 도망가는데 어떡해."

"알았어, 믿을게. 미안해."

단아는 휙 돌아서 집으로 뛰어갔다.

"야! 내가 너보다 오빠야! 오빠라고 불러!"

단아는 기동이를 향해 혀를 한번 쏙 내밀고 뛰어갔다.

기동이는 얼굴을 찡그린 채 한동안 서 있었다.

기동이는 집에 오는 길에 고양이를 보았다. 하루 사이에 배가 더욱 불룩해진 것 같았다. 고양이는 쓰레기봉투를 헤집고 있었다. 그러나 봉투에는 먹을 만한 것이 없었다. 헤집을수록 쓰레기만 빠져나왔다.

"너 여기서 기다려."

기동이는 재빨리 집으로 달려와 바가지에 반찬과 밥을 비벼, 고양이가 있던 곳으로 다시 갔다. 하지만 고양이는 이미 사라지고 없었다.

"어? 그새 어디 갔어? 야아옹, 야아옹."

기동이는 고양이 소리를 내며 4동, 3동을 지나 상가에 도착했다. 고양이가 자주 앉아 있던 상자 위까지 올라갔다.

"아이, 정말 애가 어딜 간 거야?"

"야, 이기동. 그쪽 아냐. 따라와."

단아였다. 단아는 피아노 가방을 들고 1동 뒤로 천천히 걸어갔다.

기동이는 바가지를 들고 있는 게 쑥스러워서 뒤로 슬쩍 숨겼다.

"뭐 해, 안 따라오고."

기동이는 얼른 달려갔다.

1동 뒤 지하실 창문 바로 앞에는 낡은 의자들과 쓰레기통이 쌓여 있었다. 단지 내에 설치했다가 못 쓸 정도로 낡거나 고장 나면 이곳에 모아 둔다. 단아는 얼기설기 엉킨 의자 더미 틈을 가리켰다. 고양이는 의자들 틈 속에 앉아 있었다.

"너, 쟤 찾는 거 맞지?"

"쟤, 여기 있는 거 어떻게 알았어?"

"학원 가다가 봤어. 너, 그 거 주려고 쟤 찾은 거 아냐?"

단아는 기동이가 들고 있는 바가지를 보며 말했다.

기동이는 빨개진 얼굴로 바가지를 고양이에게 내밀었다.

"이리 나와서 이거 먹어. 밥 가져왔어."

고양이는 꿈쩍도 안 했다. 단아가 기동이 어깨를 톡톡 쳤다.

"그냥 바닥에 놓고 멀리 떨어져서 보자. 우리 때문에 안 나오나 봐."

기동이는 바가지를 바닥에 놓고 뒤로 물러났다. 고양이 는 의자들 틈에서 나와 바가지 옆으로 뛰어내렸다. 하지만 냄새만 맡을 뿐 밥은 먹지 않았다.

"안 먹는데?"

"왜 안 먹지?"

고양이는 바가지 주위를 뱅뱅 돌았다. 그리고 마침내 먹 기 시작했다.

"먹는다!"

기동이가 갑자기 소리치자 밥을 먹던 고양이가 뒤로 확 물러났다. 기동이는 손짓으로 계속 먹으라는 시늉을 했다. 하지만 고양이는 바가지에 다가가지 않았다. 단아는 기동 이 옷자락을 잡아당겼다.

"우리 때문에 못 먹나 봐. 가자."

기동이는 고양이를 다시 한 번 보고 단아를 따라갔다.

단아와 기동이는 놀이터 옆에 있는 의자에 앉았다.

"저기…… 의심해서 미안해."

단아가 사과를 했다.

기동이는 단아와 둘이 있는 게 쑥스러웠다. 그래서 돌을 주워 괜히 그네를 맞히며 씨익 웃었다.

"넌 학원 안 다니니?"

단아가 물었다.

"우리 집은 너희처럼 부자가 아니니까."

"우리 집 부자 아닌데."

"너희 할아버지가 우리 학교 교장 선생님이라며."

"아빠 빚 때문에 할아버지 월급이 다른 곳으로 빠져나간대. 나도 너처럼 엄마 아빠랑 살지 않아."

기동이는 눈을 똥그랗게 뜨고 단아를 보았다. 단아가 항상 단정하고 깔끔해서 부모님과 함께 사는 줄 알았던 것이다. 교장 선생님이 아들 빚을 대신 갚고 있다는 것은 더욱 놀랄 일이었다.

"나, 너 주한이랑 싸우는 거 봤어. 굉장히 세더라."

"전학 한두 번 가 보냐. 벌써 여섯 번째야. 전학 가면 그런 애들 꼭 있어."

단아는 고개를 끄덕였다. 그리고 의자에서 일어났다.

"나 학원 가야 해. 먼저 간다."

단아는 빙긋 웃고 상가로 달려갔다.

기동이는 기분이 좋았다. 고양이 때문에 할머니가 싸우고, 자기도 오해를 받기는 했지만, 고양이 덕분에 단아와 더 가까워진 것 같았다. 기동이는 휘파람을 불며 의자에서 일어났다. 그러더니 주머니에서 분필을 모두 꺼내 의자 옆에 있는 휴지통에 넣었다.

"어이구, 쟤가 분필을 다 버리고 어쩐 일이래. 이제 낙서 안 하려나 보지?"

오지랖 넓은 상가가 분필을 버리는 기동이를 보고 조용히 있을 리가 없었다.

"심심해서 낙서 좀 한 거 가지고 너무 그러지 마라. 이제 친구도 사귀었으니까 안 하겠지."

2동이 기동이 대신 변명을 했다. 기동이가 이리로 온 지

꽤 됐는데도 늘 혼자 다녀서 안쓰러웠기 때문이다.

"심심해도 친구한테 낙서하면 안 돼요."

1동이 유치원 선생님 같은 목소리로 상가에게 말했다.

"쟤는 뭐야."

상가는 어이가 없었다. 2동은 1동을 보며 빙긋 웃었다.

4동엔 뭔가가 있다

푸른아파트 사람들이 1동 주차장 앞으로 모였다. 재건축 추진 위원회에서 재건축에 관한 발표가 있다며 공고를 했기 때문이다. 그랬더니 어떤 사람들은 시위라도 하는 줄 알고 모자를 쓰거나 하얀 마스크까지 하고 나왔다. 그만큼 재건축은 푸른아파트 사람들이 간절히 원하는 일이었다.

재건축 추진위원회 위원장이 마이크를 들고 임시로 마련한 단상 위로 올라갔다.

"아, 아, 마이크 시험 중."

순간 '찌지징' 하며 쇠를 긁는 소리가 났다.

"에, 바쁘신 와중에도 이렇게 참석해 주신 주민 여러분께 감사드립니다. 그럼 간략하게 보고를 올리겠습니다. 에, 기쁜 소식입니다. 구청에서 다시 한 번 안전 진단을 한 뒤에, 긍정적으로 재검토해 보겠다고 전해 왔습니다."

"와!"

사람들은 당장 재건축이 되는 것처럼 좋아했다.

푸른아파트들은 몹시 심란했다.

"우리도 결국 무너지는 건가."

2동이 비참한 목소리로 말했다.

"그렇게 될 것 같지?"

상가 역시 기운이 쭉 빠진 목소리였다.

이런 아파트들의 마음을 전혀 알 리 없는 위원장은 더 큰 목소리로 말했다.

"에, 사실 우리 아파트가 이 근방에서는 가장 오래된 건물 아닙니까? 그런데 희한하게도 제법 튼튼했다 이겁니다. 저기 4동 빼고요."

4동은 뜨끔했다. 아파트들은 모두 4동을 힐긋힐긋 째려보았다.

"뭐 아무래도 구석이다 보니 습해서 그랬겠지만요. 아무튼, 제 아무리 튼튼하다고 해도 사십 년이 넘은 아파트가 얼마나 튼튼하겠습니까. 여기저기 삐걱거리지 않습니까. 구청에서도 긍정적으로 검토를 할 테니까, 우리 주민들도 협조해 달라고 합니다. 제일 먼저, 도시 미관을 해치는 저 현수막들부터 제거해 달라고 합니다. 그래서 오늘 발표가 끝나면 제거할 생각입니다. 괜찮겠습니까?"

"아우, 긍정적으로 검토하겠다는데, 떼지 뭘."

"맞아. 저게 너무 낡아서 지저분하기는 해."

"좋아요!"

사람들은 박수를 치며 환호했다. 위원장은 발표를 마치고 단상에서 내려왔다.

사람들은 모두 기쁜 얼굴로 돌아갔지만 아파트들과 상가는 심각했다.

　"우리도 이제 다 살았나 보네."

　2동은 마음이 착잡했다.

　"오래 살았지. 생각해 봐. 우리가 처음 생겼을 때는, 저 앞이 다 논이며 밭이었잖아. 계절마다 색이 바뀌고, 냄새가 바뀌고, 동물들 울음소리가 바뀌었지."

　상가가 옛날 모습을 떠올리며 말했다.

　"그러게, 개구리 소리 들어 본 지도 꽤 됐네. 그땐 개굴개굴 소리가 왜 그렇게 시끄럽던지……"

2동은 이제는 아파트와 빌딩들로 빽빽한 동네를 훑어보았다.

"고양이는 개굴개굴 울지 않아!"

1동이었다.

"아, 저 분위기 파악 못하는 1동 봐라."

4동은 1동을 씁쓸하게 바라보았다.

그날 저녁, 푸른아파트의 모습이 달라졌다. 사람들이 1동과 3동에 설치한 현수막과 띠를 없앤 것이다. 1동은 속이 상했다.

"왜 내 띠를 떼고 난리야! 다시 해 놔!"

그러자 4동이 짜증을 냈다.

"이놈의 아파트, 시끄러워서 못 살겠네. 이래도 흥, 저래도 흥."

푸른문방구 안에서는 만두모자가 형광등을 사고 있었다.

"무슨 형광등이 그렇게 잘 나가나 몰라요. 전선에 문제가 있는 것 같은데, 주인한테 말해 볼까요?"

푸른문방구 남자는 고개를 절레절레 흔들었다.

"그래 봤자 소용없어. 그 4동이…… 말을 해 줘야 하나 말아야 하나."

"무슨 말이요?"

"젊은 사람이니까 그런 거 안 믿겠지. 4동 말일세, 귀신이 들어서 그렇다네."

"귀신이요? 에이, 요즘 세상에 그런 게 어디 있어요."

"그러니까 그냥 소문이 그렇다는 걸세."

만두모자는 크게 웃고 문방구를 나갔다.

문방구에는 기동이도 있었다. 기동이는 연습장을 들고 주인에게 다가갔다.

"가만있자, 두꺼운 건 이천 원인데 이백 원 빼 주마. 천 팔백 원만 내라."

기동이는 돈을 내밀다 말고 진열장 위에 주렁주렁 걸려 있는 머리끈을 보았다.

"이런 건 얼마예요?"

"머리끈? 고 얇은 건 한 개에 이백 원. 그걸 네가 어디 다 쓰려고?"

기동이는 얼굴이 빨갛게 되어 분홍색 머리끈을 하나 뽑

았다.

"음. 그거까지 하면 다시 이천 원이다."

기동이는 푸른문방구 남자에게 돈을 주고 서둘러 나왔다.

기동이가 상가를 막 빠져나올 때, 뒤에서 단아가 불렀다.

"야, 이기동!"

"너, 내가 오빠라고 부르라고 했지."

"그럼 네가 4학년이냐?"

"원래는 4학년이야."

"지금은 3학년이잖아. 메롱."

단아는 혀를 삐죽 내밀었다.

"하이고, 쟤들 사귀는 거 아냐? 기동이 쟤, 연습장 한 권, 분홍색 머리끈 한 개, 총 이천 원어치 사 갔어. 돈도 없는 게 저런 머리끈을 살 땐 이유가 다 있지. 잘 지켜봐. 머리끈은 단아한테 줄 거야."

기동이와 단아를 지켜보던 상가가 말했다.

"진짜? 너 또 그냥 넘겨짚은 거 아냐?"

2동은 괜히 자기가 설레어 물었다.

“두고 봐.”

상가는 자신만만한 얼굴로 기동이와 단아를 내려다보았다.

“있잖아. 너 혹시 4동에 대해서 들은 얘기 있어?”

기동이가 단아에게 물었다.

“무슨 얘기?”

“귀신 얘기라든가 뭐 그런 거.”

“아 그거, 우리 할아버지가 그러는데 그거 다 거짓말이래. 4동에 귀신이 산다는 소문이 났긴 났는데, 사람들이 집값을 내리려고 꾸며 낸 얘기래.”

“집값을 왜 내려?”

“여기 재개발한다는 말이 나오면서 집값이 엄청 올랐대. 그래서 다른 지역 사람들이 그런 소문을 퍼뜨린 거래.”

“그래도 무슨 일이 있었으니까 귀신이 산다고 했을 거 아냐.”

“불이 막 나가고, 창문이 흔들리고, 문이 저절로 열렸다 닫히고 그런다나 봐.”

“4동만 그렇대?”

“응. 근데 404호에 사는 아저씨만 몇 년 동안 꼼짝도 안

하고 잘 산대. 그래서 사람들이 그 아저씨도 귀신일 거라고 한대."

"뭐 하는 아저씬데?"

"만화가라고 들은 것 같아."

기동이는 404호에 사는 아저씨가 만화가라고 하자 눈을 똥그랗게 뜨고 물었다.

"정말 만화가 맞대? 무슨 만화 그린 아저씨래?"

"나도 몰라. 왜 그래?"

"어…… 그냥 궁금해서."

"나 아직 숙제 못 했어. 빨리 가야 돼."

단아는 서둘러 뛰어갔다.

"쟤는 왜 저렇게 뛰어다니나 몰라……"

기동이는 분홍색 머리끈을 꺼내 주물럭거렸다. 쑥스럽기는 했지만 기회 봐서 주려고 했는데 단아가 획 뛰어가 버린 것이다. 기동이는 머리끈을 주머니에 다시 넣었다.

"저 봐, 머리끈 안 주잖아. 상가 네가 잘못 짚은 게야."

2동이 실망한 목소리로 말했다.

"어이구. 그저 자기 동 사람들만 데리고 사는 네가 뭘 알

겠냐."

상가는 피아노 간판에 붙어 있는 낙엽을 툭툭 털어냈다.

기동이는 새로 산 연습장 표지에 '무지개를 뿌리는 고양이'라고 크게 썼다. 그리고 첫 장에 새근새근 잠들어 있는 고양이를 그렸다. 기동이 앞에서 콩나물을 다듬던 할멈이 슬쩍 돌아보며 말했다.

"낙서나 하면서 무신 새 연습장이 필요하다고 그려."

"낙서 아냐."

"뭐가 아녀. 순 만화만 그리구먼."

"만화가 무슨 낙서야."

"하여간 쓸데없는 곳에 돈 쓰는 것까지 애비랑 똑 닮았다니께."

기동이는 할멈 말에는 신경도 안 쓰고 계속 그렸다. 할멈은 다시 돌아앉아 손톱에 까만 때가 찌든 손으로 콩나물을 다듬었다.

"4동에 귀신 나온다며?"

"구신은 뭔 구신. 사람들이 하도 이사를 잘 가니께 괜히 그러지. 쓸 만한 것도 솔솔 나오고 좋기만 하구먼."

할멈은 다듬은 콩나물을 들고 주방으로 갔다.

기동이는 연습장을 옆구리에 끼고 신발을 신었다.

"야, 야, 다 저녁때 어딜 가냐?"

"요 앞에."

기동이는 102호를 나왔다.

기동이는 4동 앞에 섰다.

"저게 이 시간에 여기는 왜 온 거야."

4동은 기동이를 째려보았다. 기동이도 4동을 째려보듯이 1층부터 5층까지 훑어보았다. 칼자국처럼 쩍쩍 갈라진 벽은 기동이가 겁먹기에 충분했다. 기동이는 아파트 입구 계단에 발을 슬쩍 올렸다. 4동은 가소롭다는 듯이 옥상에 있는 낡은 화분 받침대를 틱 떨어뜨렸다.

"아, 깜짝이야. 이게 뭐야?"

기동이는 잽싸게 뒤로 물러났다. 그리고 계단에 떨어진 받침대를 들었다.

"화분 받침대잖아. 이게 갑자기 어디서 떨어진 거야."

4동은 쿡쿡 웃었다. 옥상에는 화분 받침대 말고도 이것 저것 꽤 많았다. 사람들이 쓰지 않는 물건들을 잔뜩 올려다 놓았기 때문이다. 특히 플라스틱으로 된 화분 받침대나 아기들 장난감은 4동이 장난치는 데 꼭 필요한 물건들이었다.

"귀신은 없다. 귀신은 없다. 귀신은 없다."

기동이는 자신에게 용기를 주기 위해 주문처럼 외웠다. 그리고 화분 받침대를 화단으로 휙 던져 버리고 다시 계단을 오르기 시작했다. 4동은 기동이가 귀찮았다. 그래서 이번에는 출입문을 콱 닫아 버렸다. 기동이는 움찔했다. 하지만 끝까지 계단을 올라가 문을 통해 아파트 안을 들여다보았다.

다른 동들은 입구 위에 전등이 켜져 있지만 4동은 꺼져 있었다. 그래서 아무도 살지 않는 아파트 같았다. 기동이는 문을 밀어 보았다. 꼼짝도 하지 않았다. 이번엔 어깨로 더 세게 밀었다. 문은 4동이 힘을 꽉 주고 막고 있어서 열릴 리가 없었다. 그때, 안에서 만두모자가 문에 얼굴을 바짝 들이댔다.

"아악!"

기동이는 깜짝 놀랐다.

"어? 안 열리네. 이 문이 또 시작이야."

만두모자는 있는 힘을 다해 문을 밀었다. 4동은 자기가 데리고 사는 사람이 나오려고 했기 때문에 힘을 풀었다. 그러자 문이 픽 열렸다. 그 바람에 만두모자가 앞으로 확 튀어나와 비틀거렸다.

"아, 왜 이 문은 힘을 잔뜩 주고 열면 픽 열리는 거야. 김빠지게."

기동이는 멍하니 서서 만두모자를 바라보았다.

"너 문 안 열려서 못 들어왔구나? 들어와."

만두모자는 문이 닫히지 않게 꼭 잡았다. 기동이는 고개를 숙이고 얼른 만두모자 팔 아래로 들어갔다. 만두모자는 휘파람을 불며 계단을 내려갔다.

"아유, 밉상! 저 만두모자는 왜 하필 지금 나오는 거야."

4동은 화가 났다. 하지만 지금은 만두모자를 신경 쓸 때가 아니었다. 기동이가 안으로 들어왔기 때문이다. 4동은 기동이가 2층까지 올라오자 계단 옆에 세워진 세발자전거를 우당탕! 쓰러뜨렸다.

“아악! 사람 살려!”

기동이는 얼마나 놀랐는지 다리에 힘이 죽 빠졌다.

4동은 겁을 먹은 기동이가 곧 내려갈 것이라고 생각했다. 그러나 기동이는 연습장을 꼭 안고 3층으로 올라갔다.

“요 녀석 봐라.”

4동은 창틀이 비틀어져 잘 닫히지 않는 창문을 끼기기욱! 소리를 내며 닫았다.

“엄마야!”

기동이는 벽에 바짝 붙었다. 소리도 소름 끼쳤지만 저절로 닫히는 창문이 더 무서웠다. 4동은 기동이가 덜덜 떨자 그제야 마음이 놓였다.

“아, 조금만 더 가면 되는데……”

기동이는 4층을 올려다보았다. 그리고 마지막으로 한 번 더 용기를 내기로 했다.

“난 하나도 안 무서워!”

기동이는 큰 소리로 외쳤다. 그리고 손잡이를 꼭 잡은 뒤 계단에 발을 올렸다.

4동은 긴장했다. 기동이가 조금만 더 올라가면 자신이

좋아하는 만화가 선생 집 앞이다. 만화가 선생은 요즘 들어 더 많은 만화를 그리고 있다. 지금도 열심히 그리고 있는데 4층에서 소란을 피울 수는 없었다.

"저게 4층까지 못 올라가게 막아야 돼."

4동은 기동이가 잡고 있는 손잡이를 흔들었다. 멀쩡하던 손잡이가 마구 흔들리자 기동이는 다시 벽으로 바짝 붙었다. 어두워서 잘 보이지는 않지만 손잡이는 저절로 움직이고 있었다. 기동이는 무릎 꿇고 앉아 기도하기 시작했다.

"하늘에 계신 우리 아버지여, 이름이 거룩히 여김을 받으시오며, 나라이 임하옵시며, 뜻이 하늘에서 이룬 것 같이…… 하늘에서 이룬 것 같이, 아, 뭐였더라. 하늘에서 이룬 것 같이……"

"땅에서도 이루어지이다."

"아아악!"

기동이는 기겁을 하고 벽에 바짝 붙었다. 언제 나타났는지 만두모자가 기동이가 외우는 주기도문을 같이 하고 있었다.

"아까 그 꼬마네. 너 왜 우리 집 앞에서 주기도문을 외우고 있냐?"

만두모자는 현관문을 열었다. 그제야 계단 앞이 환해졌다. 만두모자는 동그란 아이스크림 통을 들고 있었다. 만두모자는 기동이가 옆구리에 낀 연습장을 보았다.

"너 전도하러 왔냐? 그런데 주기도문도 못 외워?"

"전도하러 온 거 아니에요."

"그럼 그걸 왜 여기서 외우고 있었는데?"

"저 손잡이가 혼자서 막 움직이잖아요."

"하하하. 저거 낡아서 원래 막 움직여. 왁!"

만두모자가 말하다 말고 갑자기 소리쳤다.

"아아악! 왜 그러세요!"

"놀라기는. 장난친 거야. 몇 층 가냐?"

"404호에 가요."

4동은 기동이가 404호에 간다는 말을 듣고 화들짝 놀랐다. 그 바람에 아파트에서 우직 소리가 났다.

"이 고물 아파트 더럽게 우직거리네. 꼬마야 빨리 올라가. 문 열어 둘게."

기동이는 잽싸게 올라갔다.

"꼬마야! 다 올라갔냐?"

3층에서 만두모자가 물었다. 404호 앞에 도착한 기동이는 크게 대답했다.

"네! 고맙습니다."

"그럼 문 닫는다."

4동은 화가 잔뜩 났다. 그래서 만두모자가 문을 닫을 때 일부러 확 밀어 버렸다. 헐렁점퍼 목소리가 밖에까지 들렸다.

"문 좀 살살 닫아! 집 다 무너지겠네!"

404호에 도착한 기동이는 초인종을 눌렀다. 그러나 아무 대답이 없었다. 푸른아파트는 하도 오래돼서 초인종이 고장 난 집이 많았는데 404호도 고장이었다. 기동이는 문을 힘껏 두드렸다. 그래도 대답이 없기는 마찬가지였다.

"이씨, 힘들게 올라왔는데 왜 아무도 없는 거야."

기동이는 문을 힘껏 걷어찼다.

"밖에 누구야!"

기동이는 재빨리 문을 두드리며 말했다.

"할 말이 있어서 왔는데요."

드디어 문이 열리고 만화가 선생이 빠끔 얼굴을 내밀었다.

"다 저녁때 꼬마가 우리 집에 웬일이야."

"아저씨가 만화가 아저씨예요?"

"그래, 내가 만화가다. 날 왜 찾니?"

"그냥요. 그냥 보러 왔어요."

만화가 선생은 당돌하게 말하는 기동이를 보고 고개를 저었다.

"그냥 어떻게 보러 왔는데?"

"아이, 그냥 보러 왔다고 했잖아요."

"녀석. 일단 들어와."

4동은 몹시 언짢았다. 믿었던 만화가 선생마저 기동이를 들여보낸 것이다.

기동이는 집을 둘러보았다. 이가 맞지 않아 문짝이 삐뚤어진 싱크대에는 냄비와 소주병이 지저분하게 쌓여 있었고, 현관 신발장 앞부터 방 안 구석구석까지 빼곡하게 만화책이 쌓여 있었다.

"이 만화책, 아저씨가 다 그린 거예요?"

"그랬다면 내가 이런 꼬진 아파트에 살겠냐?"

4동은 만화가 선생 말에 크게 충격을 받았다. 그동안 가장 아끼며 보호해 주었던 만화가 선생한테 꼬진 아파트라는 말을 들은 것이다. 충격을 받은 4동 벽에 쩌억 하고 금이 하나 더 생겼다.

"돈 때문에 어쩔 수 없이 나랑 살았다고?"

4동은 몸에 힘이 쭉 빠져 어둡게 변했다.

"그래, 나를 그냥 보러 온 이유가 뭐냐?"

"만화가라고 해서요."

"내가 인기 만화가라도 되는 줄 알았나 보구나?"

"아뇨."

"그럼?"

"그냥 보러 왔다고요."

기동이는 잔뜩 쌓여 있는 만화책을 둘러보았다.

만화가 선생은 기동이가 옆구리에 꼭 끼고 있는 연습장을 보았다.

"옆에 끼고 있는 게 뭐냐?"

"내가 그린 만화요."

"너 만화 그려? 어디 한번 보자."

"이따가요. 아저씨가 그린 만화책은 뭐예요?"

만화가 선생은 머리를 긁적이며 책상 옆에 쌓아 둔 자신의 만화책을 보았다.

기동이는 벽 쪽에 쌓인 만화 중 제일 위에 있는 만화를 한 권 빼냈다. 맨 앞 장에 '지하철 괴담'이라고 써 있고, 드라큘라 이빨에 머리를 풀어헤친 여자 얼굴이 그려 있었다. 기동이는 만화책을 다시 꽂았다.

"도대체 누가 이런 만화를 그리는 거야."

만화가 선생은 작업하고 있던 '폐가 괴담' 시리즈를 신문으로 슬쩍 덮었다.

"나는요. 정말 멋진 만화가가 될 거예요."

"어떤 만화가?"

"모험도 하고, 아이들한테 꿈도 주는, 가슴이 따뜻한 만화를 그릴 거예요."

만화가 선생은 책상 밑에서 먹다 남은 소주를 꺼내 마시

기 시작했다.

기동이는 만화책을 지나 소설이나 어려운 책들이 가득한 책장 앞에 섰다. 그러더니 환호성을 질렀다.

"이야호! 이 만화책이 여기에도 있네."

"어떤 만화책?"

" '하늘 별 바다 강 산 가족 이야기' 요."

만화가 선생은 고개를 저었다. 그리고 소주병을 입에 탁 탁 털었지만 한 방울도 나오지 않았다. 만화가 선생은 소주 병을 주방 싱크대에 쑤셔 박았다.

"네가 그 만화책을 어떻게 아냐?"

"여덟 살 때 아빠랑 만화방에 가서 봤어요."

"멋진 아빠를 뒀구나. 아들이랑 만화방도 가고."

"아빠는 거기 삼촌들하고 카드놀이하고 전 옆에서 만화 봤어요."

만화가 선생은 잠깐 당황했다.

"그 만화는 네가 태어나기 전에 나온 만환데?"

"알아요. 라면 먹으면서 냄비 받쳤던 건데 읽어 보니까 정말 재밌더라고요. 몇 달 동안 아빠랑 거기서 살면서 이 만화만 열 번도 더 봤어요."

만화가 선생은 책장에서 다섯 권짜리 '하늘 별 바다 강
산 가족 이야기'를 뽑았다.

"이거 너 다 가져라."

"진짜요? 진짜 다 가져요?"

"가져가."

"신난다! 나는요, 이거 그린 만화가처럼 될 거예요. 이
런 만화를 그릴 거라고요."

"이런 만화를 그리는 건 좋은데, 이런 만화가처럼은 되
지 마라."

"이런 만화가라니요?"

"아냐. 그냥 해 본 말이야."

"치이. 하여간 나는 아저씨 같은 만화가는 안 될 거예
요."

기동이가 입을 삐죽 내밀었다. 만화가 선생은 기동이 머
리를 콩 쥐어박았다.

"내가 어때서, 인마."

"저기 신문지로 슬쩍 덮은 거 아저씨가 그리던 만화 맞

죠? 다 봤어요."

만화가 선생 얼굴이 빨개졌다.

"아니, 난 누가 부탁을 좀 해서…… 그래, 자식아. 넌 나
같은 만화가는 안 되면 될 거 아냐. 어디 네가 그린 만화
좀 보자."

"싫어요. 난 이 만화가 아저씨 같은 사람 아니면 안 보여
줘요."

기동이는 '하늘 별 바다 강 산 가족 이야기' 다섯 권을
차곡차곡 챙겼다.

"안 보여 줄 거면 빨리 집에 가라. 나 바빠."

"알았어요. 근데요, 여기 또 와도 돼요?"

"여기 뭐가 있다고 또 와?"

"만화책 있잖아요."

"만화책 보고 싶으면 오든가. 어쨌든 오늘은 빨리 가. 아
니다, 같이 나가자."

만화가 선생은 기동이를 데리고 밖으로 나갔다.

하늘에는 벌써 별이 총총 떠 있었다.

"넌 그 만화에 나오는 형제 중에 누가 제일 좋냐?"

"당연히 바다죠. 형제 중에 제일 가운데라 부모님들이 관심도 없지만, 나중에 형들하고 동생들을 다 도와주잖아요. 그러다가 아버지가 병에 걸렸을 때는 자기 콩팥도 나눠 줬잖아요. 병원에 나란히 들어갈 때 내가 얼마나 울었는데요. 이 만화 그린 아저씨 아직도 살아 있으면 꼭 만나 보고 싶어요."

"좋겠다 넌, 만나 보고 싶은 사람도 다 있고."

"아저씨는 만나 보고 싶은 사람 없어요?"

"내 만화 팬이라는 사람 한번 만나 보고 싶다, 인마."

"에이, 그런 만화나 그리는데 팬이 어딨어요."

기동이는 킬킬대며 웃었다. 그리고 2동 앞에 도착하자 인사를 하고 뛰어 들어갔다. 만화가 선생은 기동이를 한동안 보더니 상가 안으로 들어갔다.

경찰서에 넣겠다니요

기동이와 단아는 자습 시간에 떠들다가 복도로 쫓겨났다.

"정말이야. 4동에 귀신이 사는 것도 맞고, 만화가 아저씨가 사는 것도 맞아."

"그럼 만화가 아저씨가 정말 귀신이야?"

"아니. 귀신은 따로 있고, 만화가 아저씨는 유령 만화를 그리는 사람이야."

"그 아저씨가 자꾸 그런 만화를 그리니까 4동에 귀신이 생겼을 거야."

"그건 나도 모르겠고, 암튼 4동 진짜 무서워. 똥구멍이

간질간질했다니까. 하여간 집값 때문에 그런 게 아니었어. 진짜 있었어."

"거기 살고 있는 사람들은 뭐래?"

"나도 어떤 형밖에 못 만났어. 근데 그 형은 아파트가 오래돼서 그렇다고 믿더라. 그럼 다른 동도 다 그래야지. 안 그래?"

쉬는 시간을 알리는 종소리가 울렸다.

선생님이 복도로 나왔다.

"너희는 나와서도 떠드냐? 오늘 못 푼 자습 문제 집에서 풀어 와. 내일 아침 일찍 검사 맞고."

"네."

"교실로 들어가."

선생님이 잠시 자리를 비우자 주한이가 기동이 자리로 왔다. 그리고 오백 원짜리 동전을 내밀었다.

"안 받아. 넌 내가 거지로 보여? 왜 자꾸 돈을 주고 그래!"

"그냥 오백 원짜리가 많아서 주는 거야."

"필요 없어."

기동이는 얼마 전에 주한이가 준 돈을 받은 적이 있다. 연습장을 다 써서 주한이가 내민 천 원짜리에 욕심이 생긴 것이다. 하지만 오늘은 받기 싫다고 했다.

주한이는 여전히 싸움도 잘하고 아이들도 많이 괴롭혔다. 하지만 집에서 좋은 물건을 가져와 나눠 주기도 잘했다. 얼마 전에는 아빠가 쓰던 휴대 전화까지 호철이에게 주다가 선생님한테 걸려 혼난 적도 있다. 그랬더니 요즘에는 운동장에서 장난감을 몰래 주거나 학교 앞에서 쥐포나 어묵 같은 걸 사 주고 다녔다.

주한이는 기동이 책상에 오백 원짜리 동전을 놓고 뛰어갔다.

"이거 저리 치워! 다른 애 주든가!"

기동이는 화를 내며 동전을 바닥에 던졌다. 떨어진 돈은 호철이가 와서 얼른 주웠다. 주한이가 호철이에게 다가갔다.

"누가 너한테 줬어?"

주한이는 동전을 휙 빼앗았다. 호철이는 입을 삐죽거리

며 자리로 돌아갔다.

　수업이 끝나고, 기동이는 학교 앞 문방구에서 색연필을
사서 나왔다.
　분식집에서 호철이와 어묵을 먹던 주한이가 기동이를 불
렀다.
　"기동아, 내가 어묵 사 줄게."
　"안 먹어."
　"여기 되게 맛있어."
　기동이는 분식집 앞에 진열된 음식들을 보았다.
　"난 내일 돈가스 꼬치 사 먹을 거야."
　"진짜? 그럼 나랑 같이 사 먹자."
　"좋아. 너도 오백 원 가지고 와. 나도 오백 원 가지고 올
테니까."
　"좋았어. 꼭 가지고 올게."
　주한이는 기동이가 같이 사 먹자고 하자 기분이 좋아졌
다. 기동이에게 맞기는 했지만 그건 자기가 먼저 잘못했다
는 걸 주한이도 알고 있었다. 그런데도 아무 일 없었다는

듯이 대하는 기동이가 은근히 멋있어 보였다. 주한이는 그때부터 기동이가 좋아지기 시작한 것이다.

"야, 이기동! 내일 꼭 같이 사 먹는 거다!"

주한이는 신이 나서 달려갔다.

호철이는 달려가는 주한이를 바라보았다.

"저건 만날 이기동만 챙기고."

학원을 다니지 않는 기동이는 집에 가도 할 일이 없었다. 그래서 요즘에는 만화가 선생 집에 가는 것이 일이었다. 기동이는 404호에서 만화를 보기도 하고 그리기도 했다. 사람들을 만나는 걸 싫어하는 만화가 선생도 기동이가 오는 것에는 아무 말도 하지 않았다. 기동이는 오늘따라 만화를 여러 장 그렸다. 전부터 그리고 있는 '무지개를 뿌리는 고양이'가 거의 완성되었기 때문이다. 그래서 다른 날보다 늦게 404호를 나왔다.

2동 현관 계단 앞에는 할멈과 주한이 부모와 주한이가 서 있었다.

"익명의 제보를 받고 왔습니다."

주한이 아빠가 할멈에게 말했다.

"뭐라고요? 제보요? 그게 뭐라요?"

"할머님 손자가 아이들을 협박하고, 폭행하고, 금품을 갈취한다고 들었습니다."

"그게 다 뭔 소리라요?"

"그러니까 할머님 손자가 아이들을 때리고 돈을 뺏고 그런단 말입니다."

"우리 애가 참말로 그런단 말이요? 누가 그려요?"

"제보자는 말씀드릴 수 없습니다."

"내가 무식하고 아는 게 없어서 애를 제대로 못 키웠습니다. 정말 죄송합니다. 아이고, 야는 왜 아적까지 집에 안 와."

할멈은 주차장을 두리번거렸다.

사람들의 이야기를 듣던 상가가 2동에게 물었다.

"내 화장실에서 가끔 돈을 뺏는 애들이 있긴 한데, 기동이도 그런 애냐?"

"무슨 소리야. 기동이가 요즘에 얼마나 착해졌는데. 이제 낙서도 안 하잖아. 그리고 저 할멈이 저렇게 보여도 월요일마다 꼬박꼬박 용돈도 준다고."

그때, 기동이가 2동 앞에 도착했다. 할멈은 기동이를 보자마자 물었다.

"너, 쟈헌티 욕하고 돈 뺏었냐?"

"누구?"

주한이가 아빠 뒤에서 나왔다. 주한이 아빠가 기동이를 보고 말했다.

"너, 누가 학교에서 협박하고 돈 뺏으라고 가르쳤어?"

기동이는 주한이가 줬던 돈이 생각났다. 그건 분명히 뺏은 게 아니었다.

"저 돈 뺏은 적 없는데요."

"네가 오랫동안 주한이 협박해서 돈 뜯고 그랬다며!"

할멈이 주한이를 불렀다.

"야, 야, 니가 한번 말해 봐라. 우리 기동이가 참말로 니 돈 뺏었냐?"

"아뇨. 내가 그냥 줬는데요."

주한이는 속이 상했다. 기동이가 돈을 빼앗지 않았다고

110

말을 했는데도 아빠가 기어이 여기까지 온 것이다. 주한이
아빠는 주한이 말을 무시했다.

"이번엔 그냥 넘어가지만, 이런 일이 또 발생하면 경찰
서에 신고할 겁니다."

"옴마. 아이고 하느님. 제가 단단히 일러 두겠습니다. 저
런 꼬맹이를 경찰서에 넣겠다니요."

연습장을 옆구리에 끼고 우뚝 서 있던 기동이가 주한이를
노려보며 말했다.

"내가 언제 돈 뺏었어. 니가 줬잖아!"

그러자 할멈이 물었다.

"너 그럼 쟈헌티 돈 받은 적이 참말로 있나?"

"싫다고 했는데 자꾸 내 주머니에 돈을 넣고 가잖아."

할멈이 이번에는 주한이에게 물었다.

"쟈가 너헌티 돈 달라고 욕하고 때리던?"

"아뇨. 제가 좋아서 줬는데요."

"그래도 쟈가 요만치라도 욕을 했으니께 줬을 거 아녀."

"기동이는 학교에서 욕 안 하는데요."

"그럼 뭐 하러 돈을 줬냐?"

112

"기동이가 좋아서요."

주한이 아빠는 당황했다. 하지만 여전히 주한이 말을 믿지 않았다. 기동이가 학교에서 또 괴롭힐까 봐 거짓말을 하고 있다고 생각했다. 전에는 주한이가 눈에 멍이 들 만큼 맞고 온 적도 있어서 이번에는 그냥 넘길 수 없었다.

주한이 아빠가 기동이를 노려보며 물었다.

"네가 주한이한테 내일 오백 원 가지고 학교 앞 분식집으로 나오라고 했다며?"

"네."

"돈은 왜 가지고 오라고 했어!"

"돈가스 꼬치 같이 사 먹으려고 오백 원씩 가져오기로 했는데, 왜요?"

"같이 사 먹기로 했다고?"

주한이 아빠는 머리를 뒤로 넘기며 헛기침을 했다.

주한이는 기동이에게 잡기놀이를 하자며 끌고 갔다. 어차피 아빠는 자기 말은 믿지도 않는데 가만히 있으면 기동이가 더 혼날 것 같았다. 그리고 어른들과 멀리 떨어지자 기동이에게 사과했다.

"내가 아니라고 했는데 아빠가 믿지를 않아. 미안해."

"됐어."

"그래도 내일 돈 가져가면 같이 사 먹을 거지?"

"알았어."

아이들 모습을 본 할멈이 말했다.

"쟈들은 뭔 일 없는 것 같은디요."

주한이 아빠는 기동이와 주한이를 보았다. 멀리 떨어져 있지만 주한이가 기동이를 겁낸다거나 무서워하지 않는다는 건 알 수 있었다. 하지만 요즘 학교 폭력이 심각하다고 하니 개운하지는 않았다. 주한이 아빠는 주한이를 데리고 돌아갔다.

할멈도 기동이를 데리고 집으로 들어갔다.

"아무리 잘못을 했다고 해도 그렇지. 저 어린애를 경찰서에 넣네 뭐네, 노인네 앞에서 꼭 그렇게 말해야 돼?"

2동이 화를 냈다. 같이 지켜보던 상가도 마음이 편치 않았다.

"할멈이 꽤 상심해서 들어갔는데 괜찮을까 몰라. 부모도 없이 혼자 키운다고 신경 많이 쓰던데. 쯧쯧."

"저 사람은 왜 자세히 알아보지도 않고 와서 소란을 피운 거야!"

2동은 거의 울기 직전이었다.

"애들 키우다 보면 이런 일 저런 일 다 생기지 뭐. 기동이가 모르는 척하고 들어갔어도 상처가 많이 됐을 거야. 애들는 데서 경찰서가 다 뭐야 글쎄. 에효."

할멈은 집에 오자마자 기동이 알림장을 꺼냈다. 알림장 맨 앞 장에 담임 선생님 휴대 전화 번호가 써 있었다. 할멈은 선생님에게 전화를 걸었다.

"아이고 선상님. 지가 기동이 할머니구먼요."

기동이 할멈은 전화기에 대고 인사를 했다.

"어머, 기동이 할머니 안녕하셨어요."

선생님은 반갑게 전화를 받았다.

"예, 근디 우리 기동이가 학교에서 거 뭐시냐, 문제아인가 뭔가 그런 앤가요?"

할멈은 손으로 가슴을 꾹 눌렀다.

"기동이한테 무슨 문제라도 생겼나요?"

"우리 애가 돈을 뺏고 협박을 한다고 주한이 부모님이 찾아오셨네요."

"기동이가 주한이 돈을 빼앗아요? 아닐 텐데요. 주한이가 은근히 정이 많아서 자기 물건을 잘 나눠 줘요. 가끔 돈이나 비싼 물건을 가져와서 탈이지만요. 전에 주의를 줬는데 또 주고 다닌다는 소리를 저도 들었습니다."

기동이는 할멈 옆에서 연습장을 펴고 그림을 그리기 시작했다.

"그려요? 그럼 우리 기동이만 돈을 받은 게 아니네요?"

"아마 그럴 거예요. 안 그래도 다시 한 번 말을 하려고 했는데 일이 생겨 버렸네요. 너무 걱정 마세요. 기동이는 어른스러워서 학교에서 인기도 많아요."

"아이고 난 또, 우리 애가 무신 사고나 친 건 아닌가 걱정했구먼요. 아니라니께 이제야 한시름 놓겠어요."

"제가 내일 학교에서 자세히 알아보고 전화드릴게요."

"예. 고맙습니다 선상님. 그럼 들어가셔요."

전화를 끊은 할멈은 기동이 엉덩이를 찰싹 때렸다.

"아, 왜 때려!"

"고것이 푼수마냥 학교에 이것저것 가져온다문? 선상님한테도 혼났다든디, 아까 그 말 왜 안 했냐?"

"나도 몰라. 비켜. 다 삐뚤어졌잖아."

"에이 요놈, 요것이 어디서 나와서 고렇게 인기가 많다니?"

할멈은 기동이 얼굴을 빤히 들여다보았다.

"아따 내 새끼 참말로 잘생겼네."

"좀 비켜!"

"아이고 내 정신 좀 봐. 배고프겄다. 가서 돼지고기 한 근 끊어 와야지."

할멈은 신이 나서 밖으로 나갔다.

할멈이 저녁상을 물릴 때 전화벨이 울렸다.

"누구셔요?"

할멈은 전화기를 귀에 바짝 붙이고 물었다.

"저, 호철이 엄마예요."

"호철이 엄마요? 그게 누구라요?"

"기동이하고 같은 반 애 엄만데요. 저기, 내가 우리 호철이 말 듣고 주한이 엄마한테 전화를 했거든요. 애들한테 돈 뺏고 그러면 안 되잖아요."

호철이 엄마와 주한이 엄마는 어머니회에서 자주 보는 사이였다. 그래서 기동이가 주한이 돈을 뺐는다고 호철이가 거짓말을 하자, 얼른 주한이 엄마에게 전화를 한 것이다.

"그러셨구먼요. 근디 내가 선상님한테 전화해 보니께, 우리 애한테 문제가 있는 게 아니더구먼요. 그리고 돈 가지고 오라고 한 건 즈이끼리 돈가슨가 뭔가 사 먹을라고 같이 가져오기로 했다더라고요."

할멈은 먼지를 털듯이 무릎을 탁탁 치며 언짢은 얼굴을 했다.

"선생님하고 통화하셨어요? 그럼 별일 없겠죠 뭐. 요즘 학교에서 그런 일이 워낙 심하다니까 혹시나 했죠."

"그러지요. 애들 키우는 입장에서 그런 소리 들었으면 지라도 전화를 해 줬겠지요. 갸 아빠가 뭔 제보를 받았다나 뭐라나 하던디, 그 말이 그 말인갑네. 인자 오해가 풀렸으니 됐지요. 들어가셔요."

할멈은 전화를 탁! 소리 내어 끊었다.

118

"젊은것들이 멀쩡한 애 잡아 놓고 미안하다는 소리는 하나 없네. 워찌케 저런 꼬마를 경찰서에 넣겠다는 말을 해! 에이, 고얀 것들. 우리 영감이 살아 있었으면 고개도 못 들었을 것들이."

할멈은 소매 끝으로 눈가를 비볐다.

기동이는 말없이 그림에 색을 칠했다.

"주한이 부모들 가만 안 둘 거야."

2동도 할멈만큼 속이 상했다. 그러자 상가가 말했다.

"주한이네 1동이 데리고 살잖아. 저 1동이 혼내 줘야 하는데 저렇게 빙글빙글 웃고만 있으니 어떻게 혼내 주냐. 참아. 아, 맞다!"

"뭐가?"

2동은 상가를 바라보았다.

"주한이 엄마 내일 나한테 올 거야. 어제 미용실에 와서 염색할 거라고 했거든. 자기 자식만 귀한 줄 아는 사람들은 혼쭐이 나야 한다고."

"어떻게 혼내려고?"

"보면 알아. 나도 다 생각이 있어."

다음 날, 주한이 엄마가 정말로 푸른미용실에 들렀다.

주한이 엄마는 염색약을 바른 뒤에, 비닐 랩을 머리에 돌돌 말고 잡지책을 보고 있었다. 미용실 여자가 주한이 엄마 앞에 커피를 내려놓았다.

"좋은 곳에 가시나 봐요."

"저녁 약속이 있거든요. 바로 가야 하니까 옷에 약 안 묻게 조심해 주세요."

주한이 엄마는 커피를 들었다.

상가는 몸을 살짝 흔들었다. 살짝이라 해도 의자와 탁자가 덜덜거리기에는 충분했다. 깜짝 놀란 주한이 엄마는 들고 있던 커피를 원피스에 쏟았다.

"앗 뜨거! 어머, 지진이야 뭐야!"

"어우 놀래라. 설마 지진이겠어요."

미용실 여자도 놀란 가슴을 쓸어내렸다.

"살다 보니 별일이 다 있네. 이거 새 옷인데 어떡해."

주한이 엄마는 화가 나서 잡지책이 구겨지도록 거칠게 넘겼다.

120

염색약을 바른 지 한 시간이 지났다. 미용실 여자는 주한이 엄마를 머리 감는 의자에 앉혔다. 그리고 주한이 엄마 얼굴에 수건을 덮고 수돗물을 틀었다. 하지만 상가가 미용실로 연결된 수도관에 바람을 불어 넣어 물이 올라오지 못하게 막고 있었다. 미용실 여자는 당황했다.

　"어머, 갑자기 물이 왜 안 나와."

　"물이 안 나와요?"

　"방금 전까지만 해도 나왔는데 갑자기 안 나오네요."

　"빨리 안 감으면, 머리 다 상하는 거 아니에요?"

　"제가 화장실에서라도 물을 받아 올게요."

　미용실 여자는 커다란 주전자를 들고 밖으로 나갔다. 그러나 곧 빈 주전자로 돌아왔다.

　"어떡해요. 화장실에도 물이 안 나와요. 갑자기 웬일이야."

　"나 몰라, 머리도 상하고 약속 시간도 늦겠네."

　주한이 엄마는 안절부절못했다.

　"정 그러시면 머플러를 해 드릴 테니까 집에서라도 감고 오시겠어요?"

"그래야지 어떡해요."

미용실 여자는 주한이 엄마에게 머플러를 씌웠다.

머플러를 한 주한이 엄마가 전화를 하면서 1층으로 내려
왔다.

"오늘 아주 엉망이라니까요. 옷에 커피를 쏟지 않나, 미
용실에 물이 안 나오지 않나. 당신 먼저 가 있으세요."

상가는 주한이 엄마가 문 앞으로 오자마자 문을 확 닫아
버렸다. 주한이 엄마가 문에 쿵! 부딪쳤다.

"아! 왜 문이 저절로 닫히고 난리야. 아우, 이마야."

화가 잔뜩 난 주한이 엄마는 이마를 짚고 집으로 달려갔다.

"부부가 같이 왔어야 됐는데, 아깝다."

상가는 달려가는 주한이 엄마를 보며 말했다.

"그래도 옷은 새 옷 같던데."

2동은 허겁지겁 달려가는 주한이 엄마가 조금 안쓰러웠다.

"걱정 마, 세탁소에서 드라이하면 깨끗해져. 이제야 속이 시원하네."

"그래도 우리가 생각이 짧았던 것 같아."

"뭐가 짧아?"

"주한이 부모가 조금 경솔하긴 했지만, 자기 자식이 협박받고 돈 뜯긴다는데 가만히 있을 부모가 어디 있겠어."

"하지만 그 일로 상처받은 사람은 기동이하고 할멈이라고."

"사람들이 경솔하게 행동한다고 우리까지 똑같이 굴면 안 되는 거였어."

"그럼 당하기만 한 기동이네는? 참는 건 그 두 사람이 잘 참았어."

"우리는 그냥 잘 데리고 살면 되는 거야. 혼내고 그러면 안 되는 거였는데……"

정이 많은 2동은 후회하기 시작했다.

"나도 네 말에 동감은 하지만, 그래도 우리가 크게 잘못한 것 같지 않아. 할멈이 얼마나 상처를 받았냐? 기동이는 어떻고."

2동은 더 이상 아무 말도 하지 않았다.

이건 말도 안 돼!

수업이 끝나자 선생님이 기동이를 불렀다.

"할머니 많이 속상해 하시지?"

"잘 모르겠는데요."

"너는 기분이 어땠어?"

"나빴어요."

"그랬구나. 가끔 앞말 뒷말 다 끊고 들으면 오해할 때가 있어. 선생님이 볼 땐 주한이가 널 많이 좋아하는 것 같아. 앞으로도 사이좋게 지낼 거지? 물론 호철이도."

"네."

"그래 늦었다, 얼른 집에 가 봐."

기동이는 선생님에게 인사하고 교실을 나왔다.

학교 정문에서 단아가 기동이를 기다리고 있었다.

"선생님이 너 왜 불렀어?"

"친구들하고 사이좋게 지내라고."

"치이, 별거 아니었잖아. 괜히 기다렸네."

단아는 먼저 앞장서서 걸어갔다.

기동이는 주머니에 손을 넣었다. 주머니에는 지난번에
주지 못한 머리끈이 들어 있었다. 기동이는 얼른 단아 앞으
로 달려갔다. 그리고 머리끈을 불쑥 내밀었다.

"야, 정단아. 이거 가져라."

"머리끈이네? 어디서 났어?"

"연습장 사는데 아저씨가 그냥 공짜로 줬어."

기동이는 등에서 땀이 흐를 정도로 부끄러웠다.

"난 한 번도 안 주더니. 근데 난 머리가 짧아서 안 묶는
데."

"그럼 도로 내놔. 우리 할머니 주게."

"싫어. 한번 줬으면 땡이야."

단아는 머리끈을 팔찌처럼 팔목에 감고 달려갔다.

"쟤는 왜 만날 뛰어다녀."

기동이는 달려가는 단아를 보며 휘파람을 불었다.

기동이는 404호 문을 두드렸다. 만화가 선생은 이제 당연하다는 듯이 문을 열어 주었다. 기동이는 콧노래를 부르며 연습장을 넘겼다.

만화가 선생이 돌아보며 말했다.

"아이 자식, 뭐가 그렇게 신이 나서 그래. 시끄러워 죽겠네."

"드디어 내 세 번째 만화가 완성됐단 말이에요."

"그래? 어디 좀 보자."

"안 돼요. 아저씨 만화하고는 완전히 다른 거란 말이에요."

"치사해서 안 본다."

기동이는 자기가 그린 만화를 처음부터 꼼꼼히 읽었다. 기동이의 세 번째 작품인 '무지개를 뿌리는 고양이'의 내용은 4동과 기동이밖에 몰랐다. 만화가 선생에게 실망한 4

128

동은 이제 만화가 선생의 만화를 보지 않았다. 대신 날마다 와서 그리는 기동이 만화를 유심히 보았다.

만화 내용은 유니콘의 피를 이어받은 고양이 이야기였다. 사실 말은 안 되지만, 4동은 만화니까 그냥 보기로 했다. 어려서는 몸이 작고 약해서 괴한들을 피해 다니지만 나중에는 몸도 커지고 뿔도 생겨서 적을 물리치는 멋진 고양이 신이 된다는 이야기였다. 4동이 가장 좋아하는 부분은, 고양이 이마의 뿔에서 무지개 같은 빛이 나오는데 그 빛으로 적을 잡는 장면이었다. 만화가 선생처럼 물어뜯고 피를 흘리게 해서 잡는 게 아니라, 적마저도 아름답게 데려가는 모습이 감동적이었다. 4동은 어느새 기동이 팬이 되었다.

누군가 404호 문을 두드렸다.

"네가 좀 나가 봐."

만화가 선생이 뒤도 돌아보지 않고 말했다.

기동이는 연습장을 엎어 놓고 나갔다. 문 앞에는 소매가 없는 줄무늬 원피스를 입은 여자가 서 있었다. 줄무늬 여자가 기동이를 보고 물었다.

"넌 누구니?"

"이기동인데요."

줄무늬 여자는 기동이 뒤로 만화가 선생을 보았다.

"집은 맞네."

그러더니 안으로 성큼 들어와, 만화가 선생 어깨를 툭툭 쳤다.

"사람이 왔으면 얼굴 좀 보여 줘."

"나 지금 바빠."

"웬일이야. 문하생을 다 두고."

"쟤 문하생 아냐."

"그래? 아무튼 원고나 빨리 줘. 뭐가 이렇게 오래 걸려. 내공 있잖아."

"내공 같은 소리하고 있네. 쟤랑 삼십 분만 놀아. 다 됐어."

줄무늬 여자는 기동이에게 다가갔다.

"살다 보니 별일도 다 있네, 누구 있는 데서 그림을 다 그리고. 넌 누구니?"

"저는 앞 동에 살고 있는 이기동입니다."

"동네 꼬마구나. 만화 보러 왔니? 저 아저씨 꼰생원인데 돈은 안 받디?"

"만화도 보고 그리기도 하고…… 아저씨가 만화 보는 돈은 안 받던데요."

"너 만화 그려? 문하생 맞네."

그러자 만화가 선생이 소리를 질렀다.

"걔 문하생 아니라니까!"

"아니면 아니지 왜 소리를 질러. 문하생이 어때서."

"저 아저씨 원래 소리 잘 질러요."

"알아. 그런데 넌 무슨 만화 그리니?"

"저는 천기호 씨 같은 만화를 그릴 거예요."

줄무늬 여자는 기동이에게 얼굴을 바짝 들이밀고 물었다.

"누구? 천기호?"

"네. '하늘 별 바다 강 산 가족 이야기' 그렸잖아요."

줄무늬 여자는 만화가 선생을 향해 말했다.

"어린애한테 세뇌를 시켰구먼. 아주 당당하게 천기호래."

만화가 선생은 아무 말 없이 만화를 그렸다. 하지만 손놀림이 더욱 빨라졌다.

"얘, 천기호 씨가 너한테 어떤 만화를 그리라고 하디?"

"전 그분 만나 본 적 없는데요. 아줌마는 누구세요?"

줄무늬 여자는 머리를 긁적대며 만화가 선생에게 가면서 말했다.

"난 출판사 편집장. 그리고 나 아줌마 아냐 애!"

기동이는 줄무늬 여자를 흘긋 보고, 벽에 쌓인 만화 중에 한 권을 빼내 읽기 시작했다.

줄무늬 여자는 만화가 선생 어깨에 손을 얹었다. 그리고 기동이에게 들리지 않을 만큼 작은 소리로 물었다.

"쟤, 당신이 천기호인 거 몰라?"

만화가 선생은 아무 대답 없이 눈이 없는 여자 옆모습을 그렸다.

"왜 말 안 했어?"

"방해하지 말고 저리 가."

줄무늬 여자는 기동이에게 다가가 읽고 있는 만화책을 살짝 뺏었다.

"너 만화 그린다고 했지. 좀 보여 줄 수 있니? 내가 명색이 편집장인데 도움이 될 수도 있잖아."

기동이는 줄무늬 여자를 한동안 보다가 수줍게 연습장을 내밀었다. 줄무늬 여자는 연필로 밑그림을 그리고, 그 위에 색연필로 색칠을 한 기동이의 만화를 보고 깜짝 놀랐다.

　"세상에, 천기호 씨 그림이랑 정말 많이 닮았다. 손끝 처리는 똑같네."

　줄무늬 여자 말에 만화가 선생 손이 잠시 멈췄다. 그러나 뒤는 돌아보지 않았다.

　"저 자식은 내가 보여 달라고 할 땐 안 보여 주더니, 처음 본 사람한테는 잘도 보여 주네. 좋겠다 누군, 첫 번째 독자가 돼서."

　만화가 선생은 구시렁거리며 그림을 그렸다. 그러나 4동은 콧방귀를 뀌었다. 기동이 만화를 제일 처음 본 것은 자기였으니까.

　"아줌마는 천기호 씨 본 적 있어요?"

　"봤지."

　"그분 아직도 살아 있어요?"

　"살아 있지."

　"그럼 나이가 엄청 많겠네요?"

"이제 서른아홉인가 여덟
인가."

만화가 선생 고개가 어깨
보다 더 아래로 내려갔다.

"그 만화는요, 내가 태어
나기 전에 그려진 거예요."

"당연하지. 천기호 씨가
스물세 살쯤에 그렸으니까.
그땐 천재 소리 꽤 들었다."

"근데 '청춘 행진곡' 다음에는 작품이 없던데요."

줄무늬 여자는 머뭇거렸다.

"어, 그게, 글쎄 그게 그랬나? 나도 잘 모르겠네."

"그분 어디서 살아요?"

"누구, 천기호 씨?"

"네. 만나 봤으면 좋겠어요."

"난처하네. 그건 저 사람한테 물어 봐. 아마 둘이 친구일
걸?"

"그래요? 나한테는 그런 말 없었는데."

"네가 천기호 씨만 좋아하니까, 질투가 났나 보지."

"치사하다. 근데 저 아저씨는 마흔 살도 훨씬 넘어 보이는데 어떻게 친구래요?"

만화가 선생은 이제 고개가 거의 그림에 닿을 지경이 되었다.

"저 사람 새치가 많아서 그래. 얼굴 잘 봐 봐, 젊어. 그리고 되게 잘생겼다."

만화가 선생은 커다란 서류 봉투를 줄무늬 여자에게 내밀었다.

"빨리 가져가. 그리고 색 좀 제대로 입혀, 요즘 애들 눈 높아."

"하여간 나만 오면 못 쫓아내서 안달이지. 근데, 언제까지 혼자 작업할 거야? 팀 만들어서 하면 빠르고 좋잖아."

"됐어."

"하여간 못 말려. 그나저나 이거 말고, 숨겨 둔 작품 있지? 언제 내놓을 거야?"

"그런 거 없어."

"다른 곳에서 내면 가만히 안 있을 거야."

"너희 출판사에서는 절대 안 내. 빨리 가."

만화가 선생이 등을 떠밀자 줄무늬 여자는 신발을 신으며 말했다.

"얘! 등잔 밑이 어둡다는 말 있지? 네 주변 잘 봐 봐, 혹시 알아? 천기호 있을지."

만화가 선생은 줄무늬 여자를 째려보았다.

줄무늬 여자는 생글생글 웃으며 나갔다.

만화가 선생은 싱크대 문에 붙어 있는 스티커를 보고 중국집에 전화를 걸었다. 조금 지나자 배달원이 탕수육과 자장면, 그리고 술을 한 병 들고 왔다. 만화가 선생은 나무젓가락을 자른 뒤 손바닥으로 비벼 기동이에게 내밀었다.

"우리 집에 와서 처음 먹지? 내가 한턱 쏘는 거야. 많이 먹어."

"그 만화 다 그려서 돈 받았어요? 그래도 그렇지, 왜 나한테 한턱을 쏴요?"

만화가 선생은 작은 플라스틱 잔에 술을 따라 마셨다.

"아직도 내가 좋다는 팬이 있는데 한턱 쏘면 안 되냐?"

"누가요? 내가요? 나 아저씨 팬 아니에요. 나 수준 있는 애예요.”

기동이는 탕수육을 소스에 푹 찍었다.

“어디, 네가 그린 만화 좀 보여 줘 봐.”

“싫다니까 왜 자꾸 그래요.”

“천기호한테는 보여 주고?”

“당연하죠. 근데 그분 어디 살아요? 친구라면서요.”

“너희 뒷동 4동 404호에 살잖아.”

만화가 선생은 술을 또 한 잔 마셨다.

기동이는 안주를 먹지 않는 만화가 선생 앞으로 탕수육을
슬쩍 밀며 물었다.

“천기호 씨 여기 살아요? 언제 오는데요?”

“만날 있잖아, 인마.”

“어디요?”

“지금 네 앞에서 술 먹고 있잖아.”

기동이는 만화가 선생을 뚫어지게 보았다.

“아저씨가…… 천기호 씨라구요? 말도 안 돼!”

기동이는 도저히 믿기지가 않았다.

“무슨 천기호 씨가 괴담이나 그리고 있어요? 천기호식

만화는 그렇게 선이 굵고, 컴퓨터로 대충 그린 것처럼 딱딱하지 않단 말이에요!"

만화가 선생은 계속 술만 마셨다. 그러더니 소리를 버럭 질렀다.

"그래 인마. 돈 벌려고 그린다, 돈 벌려고. 네가 뭘 알

아. 만화책만 나오면 다 먹고사냐? 내 만화가 만화방 어느 구석에 처박혀 있기만 하면, 신부전증 걸린 우리 아버지 혈액 투석은 누가 거저 해 준대? 나도 뭐가 좋은 만환지 너보다 잘 알아 인마!"

기동이는 아무 말 없이 만화가 선생을 바라보았다. 그리고 젓가락을 슬며시 내려놓았다.

"어린놈이 저만 잘난 줄 알아. 뭐 해, 얼른 먹지 않고."

기동이는 다시 젓가락을 들고 먹기 시작했다.

만화가 선생은 기동이가 고개를 숙이고 있을 때 눈물을 닦아 냈다.

식사를 마친 기동이는 가방을 들고 404호를 나왔다. 기동이가 만화를 보던 자리에는 기동이의 세 번째 작품인 '무지개를 뿌리는 고양이'가 놓여 있었다.

비상벨을 울려라

"할멈이 기동이 온 날부터는 시간을 칼처럼 지켜서 오더니 요즘엔 통 늦네."

2동이 큰길을 기웃거리며 말했다.

"할멈이 칼을 가지고 다닌다고? 신고해! 신고해!"

1동이 까무러치게 놀란 표정으로 소리쳤다.

"저건 왜 자다 봉창 두드리는 소리를 해."

상가가 말했다.

"칼을 가지고 다닌다잖아!"

"누가 칼을 가지고 다닌대. 차라리 그냥 아까처럼 빙글

빙글 웃고 조용히 있어라."

"위험한 건 절대로 안 돼."

"에효, 그래 알았다."

상가는 한숨을 푹 쉬었다.

"할멈이 백내장이 심해져서 눈도 잘 안 보이고, 요즘엔 허리까지 안 좋던데."

2동은 아무래도 할멈이 걱정되었다.

기동이는 아파트 입구 계단에 앉아 할머니를 기다렸다. 그때, 한동안 안 보였던 고양이가 주차장을 휙 달려갔다. 기동이는 재빨리 고양이를 따라갔다. 상가는 그런 기동이 모습을 놓치지 않고 지켜봤다.

"쟤는 할멈이 그렇게 고생하는데도 생전 도울 줄 몰라. 학교 끝나면 도대체 어디 있다 오는 거야."

"어디 있긴 어디 있어. 그림 그리러 나한테 와 있지."

4동이 묵직한 소리로 말했다.

"쟤 404호에서 만화 그려. 꿈이 만화가래."

"어이구 집도 가난한 게 무슨 만화 타령이야. 할멈이나 돕지."

142

"가난하면 꿈도 못 가져? 쟤가 만화를 얼마나 잘 그리는데. 넌 그렇게 계산적으로만 사니까 아파트들이 싫어하는 거야."

"내가 계산적이라고? 정확한 게 뭐가 나빠. 너희도 궁금한 일 있으면 나한테 만날 물어 보면서 이제 와서 내가 싫다고? 하루 종일 장사하는 사람들 데리고 있어서 머리 아파 죽겠는데 이건 또 무슨 소리야."

상가는 기분이 상했다.

4동과 상가가 계속 말다툼을 하자 2동이 싸움을 말렸다.

"둘 다 그만해. 계산이 정확한 게 나쁜 것도 아니고, 기동이가 꿈을 가진 것도 나쁜 건 아니라고 생각해. 오히려 잘 됐지. 솔직히 할멈을 잘 도와주지 않아서 나도 좀 그렇지만, 이것저것 사 달라고도 안 하잖아. 그냥 연습장에 그림 그리면서 연습하는데 그게 뭐가 나빠."

"아니 내 말은, 할멈이 힘들게 이것저것 모아서 사는 거 알면 저도 좀 모아 오고, 일찍 와서 저녁도 봐 놓고 하면 좀 좋겠냔 말이지. 낮에는 만화 그리고 밤에는 고양이랑 놀고만 있으니 원."

　고양이는 1동 지하실 창문 앞 의자들 틈으로 쏙 들어가
버렸다.

　할멈은 고양이가 새끼 낳는 걸 보면 안 된다고 했다. 그
래서 단아와 기동이는 의자 속을 들여다보지도 못하고 있
었다. 그런데 이제 고양이가 돌아다니기 시작한 것이다. 기
동이는 고양이가 들어간 틈으로 손을 집어넣었다.

　"어? 와!"

　기동이가 환호성을 질렀다. 보들보들한 새끼고양이 털이
만져졌다.

기동이는 쏜살처럼 집으로 달려가 손전등을 가지고 나왔
다. 그러다가 정문으로 들어오던 할멈과 마주쳤다.

"왜 인제 와!"

"잉? 할미 마중 나왔냐?"

"아니. 할머니 빨리 이리 와 봐."

기동이는 할멈 손을 잡아끌었다. 그 바람에 할멈 다리가 리어카 손잡이에 걸려 넘어질 뻔했다. 기동이는 할멈 손을 잡고 1동 뒤로 왔다. 그리고 의자들 틈새로 손전등을 비추었다.

"할머니 저기 봐 봐. 저 안에 뭐 있어."

"뭐가 있다고 수선이여."

"아이, 빨리 봐 봐."

할멈은 기동이가 손전등으로 비춘 곳을 보았다. 그 좁은 곳에 고양이가 새끼고양이 다섯 마리와 함께 앉아 있었다. 할멈은 깜짝 놀랐다.

"아이쿠야, 고양이가 저 속에서 몸을 풀었는가 보다. 하마, 저것이 영물은 영물이여. 워찌케 요 의자 속에서 몸을 풀 생각을 했을꼬. 저 속은 판판하니 좋구먼."

"우리, 쟤들 데리고 가서 키우자."

"뭣이야. 쟈들을 집에서 키운다고야. 쟈들은 사람 안 따라와."

"저긴 너무 좁잖아."

"그래도 다 커야. 그렇게 크다가 어지간하게 크면 에미

146

곁을 안 떠나겠냐."

"쟤 살이 더 빠진 것 같단 말이야."

기동이는 의자들 틈에 손을 쑥 집어넣었다. 할멈은 기동이 손을 탁 쳐 냈다.

"아서! 새끼 차고 있는 고양이한테 손 넣으면 지 새끼 해코지하는 줄 알고 덤빈단 말이다."

"아까도 넣었는데 아무렇지 않던데 뭘. 우리가 데리고 가서 키우자."

"야, 야, 저것들이 사람하고는 못 산다니께. 그냥 내비 둬."

"새끼들이 많아서 밥도 모자랄 텐데."

"그럼 니가 요 앞에다 밥을 놔 주면 되지."

"그럴까?"

기동이는 아쉬운 표정을 짓고 할멈과 집으로 돌아왔다.

다음 날, 기동이는 집에 오자마자 할멈이 고양이 먹으라고 따로 끓여 놓은 밍밍한 미역국에 밥을 말아 가지고 나왔다. 그리고 의자 더미로 가서 고양이를 찾았다. 하지만 고양이는 보이지 않았다. 기동이는 하는 수 없이 바가지를 의자 앞에 내려놓고 만화가 선생 집으로 갔다.

  기동이는 이제 아주 당연하다는 듯이 문을 열고 들어갔다. 그런데 방 한쪽에 쌓여 있던 만화책들이 사라지고 대신 앉은뱅이책상이 놓여 있었다. 기동이는 책상을 이리저리 살폈다.

  "그거 네 책상이다."

  "내 책상이요? 내 책상이 왜 필요해요?"

  "네가 만날 쪼그리고 앉아서 그리는 게 영 불편해 보여서 말이지."

  "와! 고맙습니다."

  책상 오른쪽 맨 위엔 '만화가 이기동'이라고 써 있었다.

  "그거 비싼 거다. 너 유명해지면 더 좋은 거 사 줘."

  "그럴게요. 정말 고맙습니다. 나 책상 처음 가져 봐요."

  "그래? 그럼 처음 가진 기념으로 공부 좀 해 볼까?"

  만화가 선생은 기동이가 만화를 그린 연습장을 책상 위에 펼쳤다.

　　"잘 그렸어. 선이 아주 좋아. 근데 균형감하고 입체감이
좀 약해. 내일부터 묘사 훈련 좀 해야겠다. 넌 아직 시간이
많으니까 정석으로 차근차근 가자. 할 수 있지?"

　　"네!"

　　만화가 선생을 바라보는 기동이 눈이 반짝반짝 빛났다.

"좋아. 내가 예전에 쓰던 석고상이 어디 있을 텐데. 집에 한번 다녀와야겠군. 오늘은 일단 네 손을 그대로 그려 봐."

만화가 선생은 자기 책상으로 돌아가 앉았다. 서로 등을 마주 보고 있는 자리였다.

"이제 그거 다 그렸으니까 다른 작품 그리겠네요."

"당연하지. 이번에는 삶의 애환이 있는 작품을 그릴 생각이다."

"무슨 작품인데요?"

"시장 괴담."

"으이구. 내가 못살아."

"자식이, 괴담은 아무나 그리는 줄 알아."

기동이는 자기 왼손을 열심히 그렸다. 만화가 선생이 번번이 퇴짜를 놓는 바람에 그리고, 그리고, 또 그려야 했다. 그렇게 꼬박 앉아 그린 여덟 번째 그림이 겨우 오케이를 받긴 했지만, 내일까지 똑같은 그림을 세 장이나 더 그려 와야 했다.

꽤 늦었는데 할멈은 집에 오지 않았다. 기동이는 연습장

과 연필을 들고 밖으로 나갔다. 그리고 상가 앞문 계단에
앉았다. 큰길도 보이고 바로 앞에 가로등이 있어서 환하기
때문이다. 상가는 기동이가 뭘 그리는지 지켜보았다. 시간
이 지나자 기동이 손과 똑같은 그림이 나타났다.

"뭘 그리나 했더니 겨우 자기 손 그렸잖아. 2동하고 4동
이 만날 뭘 그린다기에 화가쯤 되는 줄 알았네."

상가는 약간 실망했다.

"아니야. 나도 손 그리는 건 한 번도 못 봤어. 이상하다,
분명히 고양이도 그리고 무지개도 그렸는데."

"이제 보니까 2동도 거짓말을 다 할 줄 아네."

상가가 2동의 말을 믿지 않자, 4동이 혀를 차며 말했다.

"쯧쯧. 저런 무식한 상가를 봤나. 지금 묘사 훈련 하느라
고 손을 그리는 거야. 쟤 정말 고양이도 그리고 무지개도
그렸어. 얼마나 잘 그리는데."

그러자 상가가 물었다.

"묘사 훈련? 그게 무슨 훈련인데?"

"그, 그거? 묘사를 어떻게 훈련하는 거라던데……"

"하이고, 저도 잘 모르면서 여태 아는 척했구먼."

151

"아무튼 훈련이라잖아. 저거 다 그리면 뛰거나 구르거나 하겠지 뭐."

4동은 굵직한 목소리로 심통 맞게 말하고 딴청을 부렸다.

큰길에서 할멈이 오고 있었다.

기동이는 할멈에게 달려갔다.

"할머니! 왜 만날 늦게 와."

"아이고, 내 새끼. 어두운데 뭐 하러 밖에 있냐."

기동이는 연습장과 연필을 리어카에 던지고 밀기 시작했다.

"야, 야, 찬찬히 밀어라. 손잡이가 자꾸 위로 올라간다."

"할머니, 나 책상 생겼다!"

"니 책상이야? 아적까지 학교에 니 책상 없었냐?"

"아니 학교 말고, 만화가 아저씨가 나 만화 가르쳐 준다고 책상 사 줬다니까!"

"그냐. 아이고, 고마운 양반이네. 니 만화가 참말로 좋냐?"

"응. 나는 멋진 만화가가 될 거야."

152

"그려, 그려라. 참말로 멋진 만화가가 돼라."

"내가 유명한 사람 되면 할머니 트럭 사 줄게."

"그럼 좋지! 근디 할미가 이런 거 끌문 너 좀 창피하자?"

"당연하지. 창피해 죽겠어. 얼른 들어가. 나 배고파."

"얼른 가자. 내 새끼, 밥 해 주러."

기동이와 할멈이 아파트에 들어서기 전에 소독차가 먼저 들어갔다. 소독차는 바바방 소리와 함께 허연 연기를 뿜으며 4동 쪽으로 향했다. 기동이는 리어카를 밀다 말고 소독차를 따라갔다.

"야, 야, 가차이 다니문 목 아프다이! 뭔 놈의 소독차가 오밤중에 다 오고 그려."

할멈은 2동 구석에 리어카를 세우고 계단에 걸터앉아 기동이를 기다렸다.

"아이고 냄새. 이것 뿌린다고 뭐 얼마나 좋아진다고, 앞이 뿌예졌네."

키가 작은 상가는 인상을 찌푸렸다.

2동은 기분 좋은 눈치였다.

"알싸하고 시원하니 좋구면."

소독차는 푸른아파트를 모두 돌고 후문으로 빠져나갔다.

기동이가 숨을 헐떡이며 달려왔다. 그 뒤에 고양이도 따라왔다. 기동이는 기다리던 할멈과 집으로 들어갔다. 고양이는 잠시 현관 앞을 맴돌다가 1동으로 달려갔다.

모처럼 조용한 밤이었다. 간간이 자동차가 끼익 하고 급브레이크를 밟는 소리를 냈지만 적막 속에 금방 사라졌다.

얼마나 조용한지 누군가 주차장에서 깔깔대고 웃고 가는 소리까지 선명하게 들렸다.

그때였다. 4동이 자고 있는 다른 동들을 깨웠다.

"이봐. 이봐들! 큰일 났다고!"

"모처럼 소독하고 편하게 쉬고 있는데 누구야?"

2동이 제일 먼저 대답했다.

"지하실 전구가 터지면서 합선이 됐어. 조금 뒤면 불꽃이 위로 올라올 거야."

"이런, 또 전등 가지고 장난했구먼!"

2동이 호통을 쳤다.

"아냐. 오늘은 저절로 터졌어. 벌써부터 지하실에서 연기가 올라오는데 큰일 났네. 사람들을 대피시켜야 돼."

"큰일 났군. 몸이라도 흔들어 봐, 이 친구야!"

"내가 예전부터 하도 흔들어서 그런지 사람들이 일어나질 않아. 이 일을 어떡해!"

"그러니까 장난도 정도껏 쳤어야지!"

푸른아파트들이 아우성거리자 길 건너에 있는 미래 1동이 물었다.

"무슨 일이에요?"

"불이 나고 있는데 사람들이 일어나질 않아."

"비상벨을 울리세요. 소화전 있을 거 아니에요."

"이봐. 우린 사십 년도 더 된 아파트라고. 그런 게 어디 있어. 폼으로 있는 소화전은 이제 물도 안 나온다고."

그사이 4동 지하실에서 더 많은 연기가 새어 나왔다. 4동은 그제야 자기가 했던 짓들을 후회했다. 그때, 갑자기 미래 1동에서 비상벨이 울리기 시작했다. 푸른아파트들은 모두 미래 1동을 바라보았다.

"이쪽에서라도 울리면 그쪽 사람들이 깨서 보겠지요?"

고요한 밤중에 울리는 비상벨 소리는 미래아파트뿐 아니라 푸른아파트까지 울렸다.

"쉿, 쉿! 아기들이 자고 있어. 쉿! 떠들면 아기들이 깬 단 말이야."

1동이 짜증을 냈다.

"지금 불이 났는데 무슨 소리야. 불부터 꺼야지."

상가가 다급하게 말했다. 비상벨은 계속해서 울려 댔다.

"불? 안 돼! 아기들이 다쳐도 안 되고, 사람들이 다쳐도

156

안 돼. 내가 지켜 줘야 해. 뜨거워도 참고 몸에 힘을 꽉 줘야 해!"

1동은 몸에 힘을 꽉 주었다.

"네가 아니라, 4동이라고!"

상가가 화를 내자 지켜보던 2동이 말했다.

"놔둬. 제 속에 있는 말을 하잖아. 1동이 벼락 맞기 전에도 사람들 하나는 기막히게 지켰다고."

"사람들은 너무 약해. 툭하면 넘어지고 다친단 말이야. 그리고 아기들도 너무 약해……"

1동은 벼락을 맞아 좀 이상하게 변했지만, 사람들을 지켜야 한다는 생각은 변함없었다. 모두들 1동의 말을 듣고 숙연해졌다.

미래아파트 관리실 직원이 비상벨을 꺼도 미래 1동은 계속해서 울려 댔다. 관리실에서 비상벨을 손보겠다며 사과방송까지 내보낼 정도였다. 비상벨은 끊임없이 울렸다. 멀리서 소방차 사이렌 소리가 울렸다. 미래아파트의 비상벨이 일정 시간 계속 울리면 소방서에서 긴급 출동하도록 연결되었기 때문이다. 푸른아파트에서 한두 사람씩 창문으로 얼굴을 내밀기 시작했다. 미래아파트에 불이 난 줄 안 것이다.

"4동 지하실에서 연기가 나온다!"

푸른아파트 2동에서 누군가 큰 소리로 외쳤다. 그러자 4동에서 하나둘씩 사람들이 나오기 시작했다. 사람들은 4동을 향해 불이 났다며 외치기 시작했고, 몇몇 사람들은 위험을 무릅쓰고 집집마다 문을 두드리며 자는 사람들을 깨우고 다녔다.

"4동 주민들 대피하세요! 지하실에서 불이 났어요!"

"4동 주민들은 빨리 대피하라!"

소방차는 사이렌을 울렸고, 미래1동은 끊임없이 비상벨을
울려 댔다. 할멈과 기동이는 시끄러운 소리에 잠에서 깼다.
그리고 밖으로 나온 뒤에야 4동에 불이 난 것을 알았다.
"4동이라고? 안 돼, 선생님이 산단 말이야!"
기동이는 쏜살처럼 달려갔다.

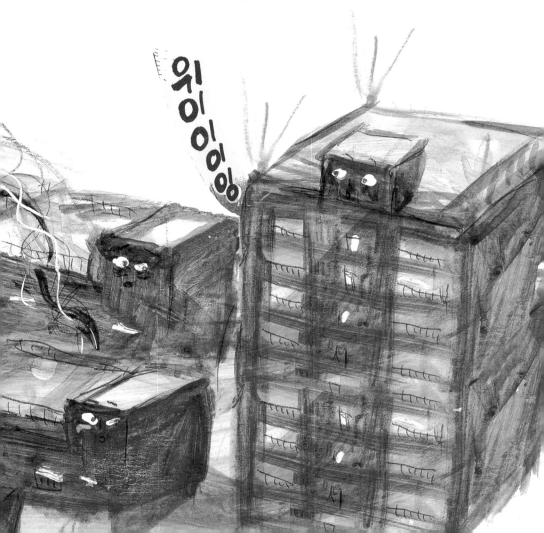

소방차는 미래아파트 정문 앞에서 급하게 방향을 바꿔 푸른아파트로 향했다. 그러나 주차장을 꽉 채운 차들 때문에 진입이 어려웠다. 푸른아파트 주민들은 모두 서둘러 차를 빼기 시작했다. 다행히 일찍 도착한 소방대원 덕에 4동에서 난 불을 빨리 끌 수 있었다. 불을 끄고 정리를 하는 소방대원에게 한 남자가 다가갔다.

"어떻게 신고하자마자 대기하고 있던 것처럼 오셨습니다, 그려."

"아 글쎄, 미래아파트하고 연결된 비상 신호를 받고 출동했더니, 벨이 고장 난 거라잖아요. 그래서 돌아가려는데, 푸른아파트에서 화재 신고가 들어왔다지 뭡니까. 거참 신기하죠. 어쨌든 불길이 금방 잡혀서 천만다행입니다."

사람들은 푸른아파트에서 불이 났는데 미래아파트 비상벨이 울린 건 기적이라며 기뻐했다. 평소에 장난을 자주 쳤던 4동만 아래를 시커멓게 그을린 채 말이 없었다. 하지만 다른 아파트들은 모두 함성을 질렀다. 미래 1동의 멋진 활약이 사람들의 생명을 구한 것이다. 상가는 미래 1동을 칭찬했다.

"어리다고 우습게 봤더니 머리도 좋고 용감하네그려. 아주 센스 있었어!"

미래 1동은 옥상 꼭대기에 있는 조명등을 반짝거리며 쑥스럽게 웃었다.

"용감하게 센스 있어서 우스워?"

1동 말에 모두들 크게 웃었다.

"1동, 근데 아까 뭐라고 했어? 아기라고 했지? 1동에 누가 아기 낳았나?"

상가가 1동에게 물었다.

"고양이가 다섯 마리나 낳았어. 떠들면 깬단 말이야. 코자고 있어."

"아! 그 고양이가 1동한테 가서 새끼를 낳았나 보다."

"내가 낳았다고? 고양이가 힘들게 낳았단 말이야."

1동은 상가를 흘긋 째려보았다.

"어우, 내가 못살아. 낡으려면 곱게 낡든가. 나도 저렇게 낡을까 봐 걱정이야."

그러자 1동이 심각한 표정으로 말했다.

"내가 곱게 낡아서, 네가 못살겠다고?"

"어머, 웬일이니."

상가는 1동을 멍하니 바라보았다.

기동이는 만화가 선생이 밖에 서 있는 것을 보고서야 안심했다. 기동이는 할멈을 만화가 선생에게 소개시켰다.

"우리 할머니예요."

"아, 예, 안녕하세요."

"우리 애 책상도 들여 주고, 만화도 가르쳐 주신다문요. 고맙습니다."

"기동이가 워낙에 재능이 많아서요."

"지가 뭘 알겠어요. 우리 애 좀 잘 부탁드립니다."

할멈은 만화가 선생한테 꾸뻑 인사했다.

"내가 얼른 유명해져서 아저씨 좋은 책상도 사 주고 할머니 트럭도 사 줄게요."

기동이 말에 할멈과 만화가 선생은 크게 웃었다.

잘 가라 푸른아파트

기동이가 푸른아파트에 온 지도 벌써 일 년이 지났다. 그리고 푸른아파트는 주민들이 원하던 대로 재건축을 하게 되었다. 구청에서 실시한 안전 진단이 통과되어 재건축 허가가 난 것이다. 사람들은 아주 빠르게 일을 진행시켰다. 허가가 떨어지기가 무섭게 조합을 설립했고 사업 승인을 받았다. 그리고 이제 몇 달 뒤에는 푸른아파트를 철거한다고 했다.

할멈과 기동이는 철거 날짜에 맞춰 이사를 하느라 분주했다. 할멈은 유리그릇들을 신문지에 하나씩 싸며 말했다.

"긍게, 그게 몇 년이냐. 벌써 삼십 년이 넘었구나."

"뭐가?"

해바라기윗도리 남자가 들고 왔던 커다란 가방에 짐을 꾸리던 기동이가 물었다.

"내가 이 아파트에서 산 지가 벌써 그렇게 됐다 그 말이다."

"이 집에서만 삼십 년을 넘게 살았다고? 우리는 일 년도 안 돼서 막 이사 다녔는데."

"그랬냐. 뭣이 그렇게 급해서 한자리에 못 있었다니. 밥이나 제대로 먹고 다니는지 모르겠네."

해바라기윗도리 남자와 솜머리 여자는 기동이를 두고 간 지 일 년이 넘도록 전화 한 통 없었다. 이 부부가 괘씸할 만도 한데 할멈은 늘 걱정하고 안쓰러워만 했다. 여태 엄마 아빠에 대해 아무 말 없었던 기동이가 작은 소리로 말했다.

"우리가 이사 가서 엄마랑 아빠가 못 찾으면 어떡하지."

"야, 야, 걱정 마라. 전화번호도 안 바뀌고, 가차운 데로 가는디 뭘 걱정이냐."

만화가 선생이 트럭 기사를 데리고 왔다.

"다 됐으면 큰 것부터 실을게요."

"아이고, 고마워서 워쩐댜."

"이사 다 끝나면 자장면 사 주세요. 전 짐 가지고 나갑니
다."

"아무렴요."

만화가 선생은 커다란 이불 보따리를 들고 나갔다. 할멈
과 기동이도 서둘렀다.

할멈은 낡은 장판까지 일일이 들춰 보며 혹시 남기고 가
는 물건은 없나 확인했다. 그리고 문 앞에 서서 살림이 다
빠져나간 텅 빈 집을 둘러보았다.

"애비가 기동이만 할 때 와서, 똑 고만한 손자 데리고 간

다. 니도 고생 많었다."

"할머니는 또 아파트랑 얘기하네."

"세상에 나는 것들은 다 지 헐 몫을 가지고 나는 것이여. 허투루 나는 게 하나 없다니께. 고 단단하던 것들이 이렇게 제 몸 다 낡도록 사람들 지켜 주느라 얼마나 고생했냐. 인자 지 헐 일 다 허고, 저 세상 간다 생각허니, 짠허다."

할멈은 2동 벽을 손으로 문질렀다.

"할멈은 착해서 어딜 가든 잘 살 거야. 잘 가⋯⋯"

2동은 목이 메었다. 밖에서 할멈을 기다리는 트럭에서 경적이 울렸다.

"그동안 편하게 잘 살고 간다."

할멈은 한 번 더 102호를 보고 밖으로 나왔다.

트럭은 할멈이 올라타자마자 출발했다. 트럭이 3동을 지날 때였다. 기동이가 3동 벽에 한 낙서와 그림이 보였다. 지금은 많이 흐려졌지만 두 개의 산봉우리 밑에 있는 작은 집은 알아볼 수 있었다. 기동이는 푸른아파트를 둘러보았다. 벌써 대부분이 이사를 해서 푸른아파트는 더욱 쓸쓸해 보였다.

고양이가 주차장으로 달려와 기동이를 마중했다.

"우리 저 윗동네로 이사 간다! 놀러 와라!"

고양이는 잠시 기동이를 보더니 1동으로 돌아왔다.

"저 녀석, 처음 왔을 때는 그렇게 소란을 피우더니 갈 때는 조용히 가네. 이제 실컷 낙서해도 되는데."

상가가 떠나는 기동이를 보며 말했다.

"저 할멈, 젊었을 땐 참 고왔는데……"

2동은 멀어져 가는 트럭을 오래도록 지켜보았다. 4동이 만화가 선생을 가장 오래 데리고 살았다면, 2동이 가장 오래 데리고 산 사람은 할멈이었다. 삼십 년이 넘도록 같이 살았으니 정이 많이 가는 할멈이었다.

"시끌시끌한 거 이제 안 봐서 속 시원하다! 에이."

4동이 3층에 누가 버리고 간 화분을 바닥에 틱 떨어뜨리며 말했다.

"어이구, 그렇게 못 쫓아내서 안달이더니 막상 다 가니까 서운한가 봐?"

상가가 말했다. 사실, 서운하기는 상가도 마찬가지였다.

"난 하나도 안 서운해. 고양이도 아가들이 모두 떠나서

혼자지만 나랑 같이 있을 거니까 괜찮아. 그래서 우린 하나
도 안 슬퍼."

1동이 고양이를 보며 말했다. 하지만 곧 울 것처럼 창문
들이 바르르 떨렸다.

"새 아파트가 들어와도 전 푸른아파트를 잊지 못할 거예
요."

미래 1동이 말했다. 툭하면 야단맞았지만 그래도 가장
많이 챙겨 주는 것도 푸른아파트들이었다.

"새 아파트 생기면 잘해 줘……"

2동은 더 이상 말을 할 수가 없었다.

기동이가 탄 트럭이 비탈길을 올랐다. 기동이는 창문으
로 멀어지는 푸른아파트를 보았다. 네 동짜리 푸른아파트
와 작은 상가는 고층 아파트와 높은 빌딩에 둘러싸여 키가
줄어든 노인 같았다. 기동이는 푸른아파트가 없어진다고
생각하니 가슴이 아팠다. 푸른아파트는 기동이가 처음으로
친구를 사귄 곳이며, 그렇게 만나고 싶었던 천기호 선생을
만난 곳이었다. 그리고 할머니가 살던 곳이었다. 기동이는

집이 사람을 보듬어 준다는 할머니 말을 이제야 어렴풋이
알 것 같았다.

기동이는 두 손을 나팔처럼 모아 입에 대고 큰 소리로 말
했다.

"야, 푸른아파트! 잘 가라, 푸른아파트!"

2동은 비탈길을 올라가는 트럭을 바라보았다. 언뜻 기동
이 목소리가 들리는 것 같았다.

"너, 꼭…… 만화가 돼라."

172

2동은 자꾸 목이 메었다.

2동 몸이 파르르 떨렸다.

5층 녹슨 베란다 선반이 끼극끼극거렸다.

그리고 바닥으로 뚝······ 떨어졌다.

어렸을 때, 제가 무거운 가마솥 뚜껑을 쾅! 닫으면 할머
니는
"살살해라, 개, 아푸겄다."
라고 하셨습니다.

밥 한 공기를 다 먹도록 두릅나물에 손도 안 대면,
"지도 반찬이라고 상에 올랐는데, 그렇게 손 안 대문 두
릅두릅 운다. 한 번 먹어 주라."
라고 하셨지요. 할머니는 그렇게 모든 사물과 이야기를 하
는 분이셨습니다.

할머니가 나보다 다리가 부러진 의자를 더 걱정하는 것
같고, 들에 핀 개망초를 더 예뻐 하는 것 같고, 만날 졸졸

따라다니며 귀찮게 굴던 우리 집 똥개를 더 사랑하는 것 같았습니다. 그래서 떼도 많이 부렸습니다.

어느 날 잠이 안 오던 밤,
아파트가 제게 말을 걸어 왔습니다.
"잠이 안 와?"
울컥 눈물이 났습니다.
돌아가신 할머니가 보고 싶었습니다.

이 동화는 그때 쓴 동화입니다.
할머니와 아파트와 제가 하나가 되어 쓴 동화입니다.
이제, 독자 분들과 하나가 되고 싶습니다.

늦은 밤까지 원고를 꼭 안고 계셨던 문지현 씨와 항상 환하게 웃어 주시는 선생님들, 동료들, 가족들에게 고백합니다. 제가 깊게 사랑하고 있다고.

2008년 가을
김려령